# Zola Jackson

Gilles Leroy bij Uitgeverij Cossee

*Alabama Song*

# Gilles Leroy

## Zola Jackson

Roman

Vertaling
Prescilla van Zoest

Cossee
Amsterdam

De vertaalster ontving voor deze vertaling een werkbeurs
van het Nederlands Letterenfonds.

Deze vertaling is gepubliceerd met steun van het Franse
ministerie van Buitenlandse Zaken, het Institut Français
des Pays-Bas / Maison Descartes en de Banque-Paribas.

Oorspronkelijke titel *Zola Jackson*
© 2010 Gilles Leroy, Mercure de France
Literary Agency Wandel Cruse
Nederlandse vertaling © 2012 Prescilla van Zoest
en Uitgeverij Cossee BV, Amsterdam
Omslagillustratie © Getty Images
Boekomslag Marry van Baar
Typografie binnenwerk Adriaan de Jonge
Druk HooibergHaasbeek, Meppel

ISBN 978 90 5936 345 8 | NUR 302

voor Audrey Dauman
voor Ionuț Rădulescu

'De roos *American Beauty* kan zich alleen maar in volle glorie ontwikkelen en met haar pracht en geur degenen die haar aanschouwen in vervoering brengen, als de knoppen die haar omringen worden opgeofferd. In de economic gebeurt hetzelfde. Dat is gewoon een wet van de natuur en een wet van God.'

JOHN D. ROCKEFELLER,
geciteerd door John Kenneth Galbraith
in 'The art of ignoring the poor'
*Harper's Magazine*

'Als de goden onrecht plegen, zijn het geen goden.'

EURIPIDES

# Een droomzondag

*New Orleans, Louisiana, augustus 1994*

Heerlijk vind ik dat: wanneer de hele keuken bestoven is met kaneel, kerrie en komijn, als de kruidengeuren omhoogkringelen en mijn woninkje omtoveren in een peperkoekenhuis. De allesopener bewijst goede diensten voor de gepelde tomaten in blik, bananen op siroop, maïskorrels, rode pepers en de kokosmelk.

Het is een mooie dag, het weerbericht heeft uren vol zon beloofd en ik hoor de buren al bij de barbecue in de weer, weldra zal ik er ook aan moeten geloven, als mijn zoon niet op tijd komt om me te redden.

Ik haat vlees grillen.

Ik heb er een panische angst voor, het is een mannensport, een hobby voor kerels en rijke mensen.

Altijd te laat. Maar híj kan er niks aan doen. Een uur of bijna een uur zit ik al te wachten. Dat komt niet door mijn zoon, nee, mijn zoon is punctueel – het is de schuld van de ander, die slapjanus, die is altijd te laat. Daar zou ik mijn hand onder durven verwedden, als ik tenminste een hand kon missen.

De pick-up kwam abrupt voor het huis tot stilstand, en ik begreep dat Caryl op hete kolen had gezeten, want die jongen van me weet zijn hele leven al dat het niet best is voor mijn humeur als mensen te laat komen.

Toen ik hem aan de passagierskant zag uitstappen, in zijn volle lengte, met een glimlach op zijn mooie gezicht, mijn geliefde en onaffe zoon, mijn zoon op wie iedereen dol is en die er maar niet in slaagt een man te worden, moest ik mijn tranen wegslikken.

Op de achterkant van de pick-up zat een papier geplakt waarop stond dat de jongens hun voertuig wilden verkopen. 'En hij is net nieuw!' zei ik. 'Jawel,' beaamde Caryl, 'alleen, hij heeft maar twee zitplaatsen.' Mijn zoon kan soms zo koel doen, met een afgemeten toon en een gesloten gezicht, en dan kijk je wel uit om iets terug te zeggen, laat staan dat je om uitleg vraagt.

*De trap naar mijn voordeur heeft vijf treden, er waren vier kleine negertjes, drie kleine kleutertjes zitten op een hek* en twee zitplaatsen zouden niet meer genoeg zijn voor mijn zoon en zijn collega? Zodra hij binnen was, snoof Caryl de lucht op. Vol verwachting spiedde ik naar tekenen van zijn blijdschap bij het ruiken van mijn keukengeuren, en ja hoor: hij sperde zijn neusgaten wijd open en rekte zijn bovenlichaam bovenmatig uit, alsof hij zich helemaal vol wilde snuiven met de rijke aroma's van wat daar stond te pruttelen, nog voordat hij smaak en textuur kon proeven op zijn tong – die vreugde van hem overweldigde me, ik vloog hem om zijn nek en sloot hem in mijn armen.

'Jongen van me! Er kwam geen einde aan de tijd sinds je bent vertrokken. Lieverd, ik word oud, je mag me niet meer zo lang alleen laten zonder iets van je te laten horen.'

'Ma, wat klets je nou? Je bent toch nog jong, je ziet er nog goed uit. Wat is er, ma? Wat heb je?'

'Ik ben bang voor van alles en nog wat. Ik zit altijd in angst om jou.'

'Moedertje toch, kom eens hier in mijn armen. Hou nou eens op te denken dat je in het leven altijd maar moet vechten. Ontspan. Hier, kom eens bij me.'

En terwijl ik *hier* was, gevlijd tegen de schouder van mijn zoon die zo lekker naar kruidkoek rook, zag ik door de deuropening hoe mijn hond onderdanig de handen likte van die slappe, binnenkort kale collega.

Ik gaf een schreeuw, Caryl schrok. Lady keek naar me op met die uitdrukking van ongeloof die ze altijd heeft en waar ik normaal gesproken om moet lachen, maar deze zondag maakte ze uit mijn ontstemde, fronsende blik op dat het dierenrijk weer eens door een menselijke gril ontregeld werd; ze trok zich terug, tussen de knieën van de collega vandaan, en verliet de kamer, waarbij ze een bescheiden windje liet.

\*

Jouw huis, zei hij, ruikt altijd zo lekker, naar karavanen uit het oosten.

Mama, ik beloof je dat ik altijd gelukkig zal zijn, zolang als ik leef. En dat zal lang genoeg zijn om je honderdste verjaardag te vieren en die Oostenrijkse keizerinnenwals met je te dansen, waar je zo dol op bent.

\*

Hoe heette hij ook alweer, die collega met die roze, kalende schedel? Ron, Roy, Troy? Namen vergeet ik altijd, ik haal ze door elkaar – dat komt door de leeftijd misschien, of omdat ik deze persoon niet mag.

· · · · · · · · · · · · · · · · · · · · · · · · · ·

*Troy schepte twee keer op van mijn kreeft à la française, bediende zich nog eens van mijn rijst met cashewnoten en had toen nog plaats over voor de crème caramel, in tegenstelling tot mijn zoon, die met beide handen zijn buik omvatte, waarmee hij wilde zeggen dat hij niets meer op kon. Toen strekte Troy zijn enorme arm uit, dwars over de tafel heen, vlak boven het hagelwitte zondagse tafelkleed en de breekbare glazen en de oude karaf, en zonder iets aan te raken of te breken kneep hij in de rechterwang van mijn zoon en zei: 'Je moet eten. Doe het voor je moeder en voor mij. We willen niet dat je verhongert.'*

*Ik dacht bij mezelf: zeg Troy, gedraag je een beetje. En: zou je zoiets ook bij jou thuis durven doen, bij je blanke ouders in die chique heuvels van Atlanta?*

*Maar dat zei ik niet. 'Troy, je weet toch dat Caryl nooit een toetje neemt. Of wil je hem soms vermoorden?'*

*Caryl zag er moe uit. Hij hing onderuitgezakt tegen de rugleuning van de stoel en zei: 'Mama, ik ga dood.' Troy hield in zijn ene hand een grote opscheplepel vol crème caramel en kneep met zijn andere hand hard in de kaken van mijn zoon om hem te dwingen zijn mond open te doen, hij wilde hem dwingen, en Caryl spuugde, stikte, smeekte, en toen griste ik de lepel uit de handen van de rijke minnaar en sloeg hem daarmee de schedel in.*

*Lady was op het tumult afgekomen en likte de gemorste*
*zoete vla op, en flarden van hersenen, die hersens van hem*
*die altijd al week en slap waren.*

. . . . . . . . . . . . . . . . . . . . . . . . . .

'Waarom?' herhaalde ik, zwakjes, want mijn zoon raakt
snel geïrriteerd en krijgt vluchtneigingen zodra er druk
op hem wordt uitgeoefend... 'Waarom willen jullie een
grotere auto? Gaan jullie een hond nemen of zo?' Hij
keek me treurig en ook vol afkeer aan – die afkeer deed
me zo'n pijn. 'Nee mama, we gaan een kind adopteren.'

Troy kwam bij me in de keuken, tussen twee gerech-
ten door. 'Mevrouw Jackson, weet u wel dat Caryl z'n
proefschrift een groot succes is? Heeft hij het u verteld?
Hij kan soms zo bescheiden zijn. Weet u dat hij vertaald
gaat worden in diverse Europese landen?' Aan zijn trotse stem herkende ik de ware toon van de liefde. 'Caryl is
op weg een groot historicus te worden, ooit zal hij over
de hele wereld bekend zijn. Ik heb altijd al in hem geloofd.' Die laatste woorden waren me net te veel, en ik
wendde mijn hoofd af.

Ik zat op het stoepje toe te kijken hoe ze zich gereed
maakten voor het vertrek. Caryl controleerde de druk
van de banden met de oude manometer van zijn vader.
Toen hij nog heel klein was deed hij dat al bij onze oude
rammelkar als we ons opmaakten om de stad uit te gaan,
naar het Pontchartrain-meer of naar de delta. Na de banden controleerde hij de niveaus van de olie, van de rem-
vloeistof en de koelvloeistof.

Mijn zoon. Hij klimt in de pick-up, ik had liever dat híj zou rijden, maar nee, dat doet die ander, die Hoe-heet-ie-ook-alweer uit de aristocratie van Georgia, hij pakt het stuur beet, met zijn twee linkerhanden en dat rare hoofd van hem, en ik ben bang – ik ben zo bang, ik moet me inhouden om niet achter de auto aan te rennen. Heer, sta me bij! Ik zeg niet dat hij helemaal achterlijk is hoor, die Troy, maar ik denk dat mijn zoon wel wat beters had kunnen vinden, in alle opzichten, zowel intellectueel als fysiek. Een minder opzichtig schepsel dan deze rossige vogelverschrikker met zijn roze melkhuid, alsof de voedsters op het kasteel hem bij zijn geboorte in een kom aardbeienmilkshake hebben gedoopt.

*De trap naar mijn voordeur heeft vijf treden*
*Er waren vier kleine negertjes*
*Drie kleine kleutertjes zitten op een hek*
*De postbode belt maar twee keer*

Lady heft haar kop op en blaft, één schelle blaf, dan springt ze tegen de achterkant van de pick-up omhoog. De hond weet heel goed dat hij, mijn zoon, haar in de winkel heeft uitgezocht en mee hier naartoe heeft genomen. Ze paste in de kom van mijn handen, zo zacht en warm, haar neus en ogen zwart als de stippen op een dominosteen.

Als ik ooit vroegtijdig doodga, hoef ik me absoluut geen zorgen te maken: de hond maakt aan wie het maar wil horen kenbaar dat Caryl haar echte baas is en samen zullen ze hun leven prima kunnen voortzetten, zonder mij.

Het was een mooie zondag. Mijn maaltijd smaakte goed, geloof ik. Dat zal me worst zijn, trouwens. Lekker of niet, wat verandert dat aan de onverschilligheid van een kind dat groot is geworden en jou niet meer nodig heeft voor zijn eten, zijn leven?

Want je zoon, stakker die je bent, rijdt alleen maar uit plichtsgevoel al die kilometers, zevenhonderd om precies te zijn, zevenhonderd kilometer van Atlanta naar Gentilly, jouw wijk. Eindeloze verveling. Zijn verjaardag. Jouw verjaardag. Dan Thanksgiving. En ten slotte Kerstmis. Kerstmis, de laatste van de verplichtingen.

Zola Jackson, je bent vast wel een goede moeder geweest. Maar nu ben je gewoon een ouwe zeur, een hinderlijk overblijfsel uit het verleden.

Je bent pikzwart, Zola Louisiana Jackson, en je kind heeft de kleur van koffie-met-melk; die mulattenzoon van je met zijn prachtige groene ogen en zijn fijne gelaatstrekken beantwoordt aan de hoogste blanke schoonheidsidealen – en dan jij, zo zwart, ouwe gedroogde pruim die je bent, logisch dat je zoon zich voor je schaamt! Logisch dat hij van je wegvlucht! Jij zult nooit in de frisse, groene heuvels van Buckhead komen. De statige huizen van het oude Atlanta? En waarom ook niet het jaarlijkse bal van de gouverneur? Hou op met dromen, meid: nooit zul jij daar een voet zetten, behalve bij de dienstingang misschien. Je bent niet meer dan een stuk steenkool.

Caryl droeg om zijn hals altijd een ketting met een gouden kruis, die had hij gekregen voor zijn vijftiende verjaardag – als talisman, toen hij bij ons wegging om naar een vooraanstaand *college* te gaan in het geciviliseerde, beschaafde en gematigde noorden. Maar nu was aan de ketting een tweede sieraad toegevoegd. Tegen het kruis stootte een gouden rechthoek met een geklingel dat me op de zenuwen werkte.

'Een cadeau van Troy,' zei mijn zoon.

Dergelijke gouden prullaria zie je wel om de nek van de gangsters hier uit de buurt hangen. Niet om de nek van een nette zoon. Hij leek er erg trots op.

'Dat noemen ze *dog tags*, ma.'

'O... Nooit gezien om de nek van een hond. Ik dacht eigenlijk dat het gewoon zo'n militair plaatje was; schande, de draak steken met de ellende van echte soldaten, en zelf niet de oorlog in hoeven.'

'Hé! Rustig een beetje, ma! Er is niets heldhaftigs aan, het is gewoon een medisch plaatje. Troy stond erop. Uit voorzorg.'

'Oké. Prima. Prachtig. Troy zorgt in ieder geval goed voor je. En jij laat je lekker verzorgen. Geweldig.'

In de vochtige groene ogen van mijn zoon zag ik hoezeer ik hem kwetste, maar het was sterker dan ik en hij zou me heus wel vergeven, niet? Hij heeft me toch vergeven? Zeg op, ik wil het horen. Alsjeblieft.

· · · · · · · · · · · · · · · · · · · · · · · · · · · ·

Lady was vreselijk nerveus, ze liep rondjes in de tuin als een gekooid dier, jankend; nooit eerder had ik haar zo in de war gezien. Haar blik speurde ongerust naar verdwenen aanknopingspunten. Met haar snoet in de lucht kreeg ze van de wind uit verschillende richtingen veel meer informatie dan haar niet meer zo jonge hondenhersens konden verwerken.

De neef van miss Anita bonkte op de deur. Ik opende eerst de hordeur. 'Mevrouw Jackson, we moeten hier weg. We moeten alles afsluiten en vanavond nog weggaan. Dat heb ik op de radio gehoord. Binnenkort is er geen elektriciteit meer en als de storm komt, hoe moet het dan met u?'

'Ach, ik heb de orkaan Betsy overleefd. Ik had mijn zoon nog aan de borst, hij was toen al ziek, ja, en ik was bang. Maar we hebben het allebei overleefd, helemaal alleen in dat hok van ons. Mijn zoon zal er heus wel voor zorgen dat ik gered word. Ik wacht tot hij komt. Hij hoeft alleen maar rechtsomkeert te maken op de snelweg naar Atlanta, en dan is hij zó hier.'

De neef keek me aan met ogen als knikkers, hij werd rood en zei gegeneerd: 'Uw zoon, mevrouw Jackson?...'

'Oké, genoeg, ga nu maar gauw, ik zie dat je tante ongeduldig wordt in de auto, ze zit me door het raampje blikken als speren toe te werpen.'

Hij is aardig, de neef, ook al doet hij heel stoer. Hij is speciaal uit Dallas gekomen om de oude vrouw op te halen. Hij heeft gedaan wat nodig was en ramen en deuren gebarricadeerd, terwijl miss Anita in paniek, haar pruik scheef op haar hoofd, haar spullen bij elkaar zocht en in haar *vanity-case* alle schreeuwerige sieraden propte die een legioen waardeloze minnaars haar had gegeven.

De knul hield aan.

'U kunt beter met ons meegaan, mevrouw Zola.'

Maar ik zei: 'Mijn zoon kan ieder moment hier zijn. Hij komt me halen en dan ga ik met hem mee naar zijn mooie huis in Atlanta.'

De jongen, met gefronste wenkbrauwen: 'Uw zoon? Maar... mevrouw Zola, uw zoon kan toch helemaal niet...'

'Doe me een lol, MJ, laat me nu maar. Ik moet nog opruimen, en tonijnsandwiches maken voor onderweg, en de ijsbeker vullen en zo. Geef Anita maar een kus van me.'

Ik meende er geen woord van: Anita een kus geven? Alsjeblieft zeg. Die oude vrijster die beweert dat ze nog maagd is terwijl er zat mensen zijn die haar vroeger gekend hebben als naaktdanseres in een hoerentent in de Franse wijk? Anita die een hekel heeft aan kinderen, en aan honden en bloemen?... Nooit van mijn leven. Als ik haar pokdalige huid zie word ik al misselijk.

De jongen liep met gebogen hoofd en aarzelende tred het stoepje af en draaide zich toen om; ik pakte de telefoon (de centrale was twee uur eerder al stilgevallen maar MJ leek dat niet te weten) en ik deed alsof ik praatte, met heftige gebaren en op mijn lippen een brede glimlach. Hij trapte erin.

Miss Anita draaide het raampje van haar portier open en wuifde zich koelte toe met haar hand, ze baadde in het zweet onder haar blonde pruik en haar opossumjasje, dat ze uit angst voor dieven niet in de kast had willen laten hangen.

Mij meenemen waar naartoe? Die is goed, zeg. Wie zou mij nou willen hebben, zonder een rooie cent, en trouwens, wie zou óns willen hebben? Mijn hond zou nergens toegelaten worden, niet in hotels en ook niet in opvangcentra. 'Slavernij, die mormels,' zei Aaron altijd – terwijl hij gewoonlijk zo gematigd was – zodra ik maar over een hond begon. 'De buurt wordt gevaarlijk,' wierp ik dan zwakjes tegen, 'een hond zou het huis kunnen bewaken.' En dan zei Aaron, terwijl hij zich op zijn dijen sloeg: 'Je weet toch wat voor grote bullen dat zijn, die beesten die huizen moeten bewaken, en geloof mij nou maar, Zola Jackson, *zo'n soort hond* wil je echt niet.'

Ze had haast om weg te komen, miss Anita, grote haast. Vreselijke stad, zei ze altijd, we zitten hier als ratten in de val. Stiekem hoopte ze dat haar neef, die veel geld had verdiend met zijn liedjes, een appartement voor haar zou huren in Houston, of in Baton Rouge, of in Dallas.

Maar je gaat niet weg uit New Orleans. Je wordt er geboren en je gaat er de pijp uit. Zo is dat nu eenmaal.

. . . . . . . . . . . . . . . . . . . . . . . . . .

*Ik geloof dat op hetzelfde moment Caryl belde. 'Ma, ik heb net het plaatselijke weerbericht gehoord en dat is niet goed. Het Orkaancentrum zegt dat dit een hele zware wordt. Je*

*moet alles goed dichtdoen, de ramen en de deuren. Het kel-*
*derraampje niet vergeten. De glazen deur moet je tegen de*
*muur vastzetten met planken. Verzamel kaarsen en petro-*
*leum voor de lampen. Hou de radio aan, de televisie ook. Let*
*goed op het alarm. En wat je vooral moet doen is het bad la-*
*ten vollopen, en alles vullen waarin je maar drinkwater kunt*
*bewaren. En, alsjeblieft, neem de telefoon op als er gebeld*
*wordt. Ma? Kan je dat verdomde antwoordapparaat even*
*uitzetten en met me praten?'*

. . . . . . . . . . . . . . . . . . . . . . . . . . . .

Ach, grote jongen van me, kleintje toch, we hebben Betsy overleefd, weet je nog? Je was nog niet eens een jaar
oud. En tot overmaat van ramp had je een akelige koorts.
Heus, mijn zoon, je hoeft je geen zorgen te maken. Stij-
gend water, orkanen, voor ons is dat gewoon onze lotsbestemming, zoals droogte of een oprukkende woestijn
voor anderen.

Het antwoordapparaat?... Dat heb ik al zeker tien jaar
niet meer gebruikt. Tien jaar al weer. Ik heb het losge-
maakt en in de garage opgeborgen op de dag dat je bij
me wegging. Wie zou me nog moeten bellen? Het was
zo'n mooi cadeau, een antwoordapparaat dat ook een fax
was, om elkaar berichten te sturen, echte brieven soms,
ook al werden ze niet door de postbode gebracht (altijd
treuzelen, die man, bij de één stoppen voor een kop koffie, bij de ander voor een biertje, als het al geen joint
was), brieven die meteen aankwamen, als een raket,
nauwelijks waren ze in het apparaat gegleden of ze arri-
veerden al, zonder gedoe of wachttijd.

Caryl was er vast de helft van zijn loon aan kwijt geweest. Ik wist best waarom hij me dat veel te grote en ingewikkelde apparaat had gegeven: hij was vaak ongerust omdat ik alleen was en ver bij hem vandaan. Dat had hij van mij, dat zorgelijke.

Mijn nicht Nina vindt dat ik een mobiele telefoon moet nemen, alleen maar om altijd met haar te kunnen bellen. Maar Nina valt hier altijd onaangekondigd binnen, net als mijn kleine dondersteentjes trouwens – en dat vind ik juist leuk, ik laat me graag verrassen.

Wat is er gebeurd? Wat is er toch gebeurd? Die duivelse stemmen die zeggen dat je er niet meer bent, moet ik die geloven?

*Augustus 1994*

Het was nog steeds zomer. 15 augustus, mijn verjaardag. Dat jaar werd ik... hoe oud werd ik ook alweer? Tweeënvijftig? Vijfenvijftig? De kolibries bij de ramen zogen nectar uit de weelderige bloemen. Kolibries zijn piepklein en ze hebben iets koortsachtigs, ze lijken op de zieke vogel in mijn borst die met zijn vleugels slaat, die mijn slechte bloed opzuigt en doodgaat terwijl hij eigenlijk al gestorven is.

Ik wist niet dat ik hem nooit meer rechtop zou zien.

*Caryls stem stierf weg in de verte, gesmoord door de wasem van de warmte.*

'We zien elkaar weer met Thanksgiving, toch?'

*... Ik moet rennen, ma, ik ga ophangen. – Nu al? Laat je me weer alleen?...*

'Ik kom gauw weer, ma, drie maanden maar, en dan ben ik er weer. O ja, ik wou je nog wat zeggen, iets wat ik nou toch wel een beetje vervelend begin te vinden. Je moet ophouden je buren te vertellen dat Troy een collega van me is. Ik werk helemaal niet met hem samen, dat weet je best.'

'Oké, gesnopen. Ik zal erop letten. Tijd genoeg om eraan te denken en het steeds te herhalen. Over drie maanden zal ik het wel in mijn kop hebben, maak je geen zorgen.'

'Nou, dikke zoen, ma.'

'Ja, goed. Daar houden we het dan maar op.'

*De dichte nevel wordt een muur van witte steen. En op die verblindende muur twee data, in rood geschilderd: 1965-1995.*

Toen ik mijn ogen weer opendeed was het al avond. Een leverkleurige lucht, de zon helemaal verdwenen. Het licht had die lugubere donkerte die we hier maar al te goed kennen en ik begreep dat we er niet best voor stonden.

Ik had een droge tong van te veel bier, bourbon en slaappillen, mijn wangen waren klam en mijn ogen zaten dichtgeplakt. Alsof ik in mijn slaap gehuild had.

Op het kussen naast mij ligt de hond opgerold te kreunen en te rillen, haar ogen bewegen onder haar rode, zwartomrande oogleden. Zij is ook aan het dromen, denk ik. Een akelige droom, een wrede droom, net als die waarin een paar minuten of een paar uur geleden Caryl weer levend was achter mijn betraande oogleden – en van zo'n droom kom je pas bij na een soort tussentijd, na de onzekerheid over hoe laat het is en welke dag, na de herinnering en de hoop, na die langzame, geniepige terugkeer naar de werkelijkheid, waarna binnen één seconde de nieuwe dag omslaat in een nieuwe hel, en op de vreugdetranen een stroom van verdriet volgt.

Want hij is dood. Caryl is dood. Hij staat wel te glimlachen op mijn nachtkastje maar in werkelijkheid is hij dood. Hij is zo mooi. Hij glimlacht maar hij moet moeite doen om niet in een schaterlach uit te barsten. Dat was op zijn twintigste verjaardag. Nee, zijn achttiende. Nee, het was de dag dat hij zijn diploma uitgereikt kreeg en alom geprezen werd. De beste van zijn groep, een jongen die iets grappigs over zich had, en iets zachts. 'Ik bedank mijn ma, Zola Louisiana Jackson, zonder wie ik hier niet zou staan... in alle opzichten.' Gelach van de docenten op het podium, vrolijk gefluit van de studenten op het grasveld. 'En ik heb medelijden met mijn soortgenoten, ik verklaar mij broederlijk solidair met alle zonen van onderwijzeressen, in dit land en in de hele wereld, omdat ze allemaal zijn grootgebracht om op zijn minst Nobelprijswinnaars te worden.' Joelen op het grasveld.

Ik sloeg een hand voor mijn mond alsof ik mijn emoties wilde verbergen, maar wat ik in werkelijkheid probeerde te verhelen was niets anders dan mijn trots. Dat was het enige wat ik voelde: een overweldigende trots die mijn wangen en voorhoofd deed gloeien. De buren (vooral de blanken) zeiden altijd: 'Wat ben je toch hard voor je zoon, Zola, verschrikkelijk, zo streng als jij bent. Hij mag niets, hij mag geen fouten maken, hij mag niet buiten spelen of eropuit trekken, hij mag zich zelfs niet vervelen.' En dan zei ik treurig: 'Waarom zou mijn zoon zijn tijd mogen verdoen? Er is geen tijd te verliezen. Je krijgt maar eenmaal een kans. Eén keer, en daarna is het over.'

De buurvrouwen hadden me blikken vol afschuw toegeworpen.

Ze gingen maar door, week na week kwamen ze steeds feller terug op die onverbiddelijkheid van mij waarvan het tastbare resultaat toevallig wel was dat mijn zoon het veel beter deed dan wie van hun zonen ook. In hun ogen moest er wel sprake zijn van een afwijking want geen van allen konden ze zich voorstellen dat mijn zoon gewoon intelligenter en ijveriger was dan hun eigen kinderen. Deze schandalige kwestie kon slechts bevredigend worden opgelost door van mij een soort slavendrijver te maken, een loeder dat haar kind met de zweep grootbrengt, en ik had steeds nieuwe verwensingen moeten bedenken om hen te sterken in hun idee dat ik een slechte moeder was, en aldus de vrede te bewaren in dit kleingeestige buurtje.

Op een dag in het voorjaar, het was heerlijk weer en de vroeg bloeiende blauweregen geurde zoet, hoorde ik mezelf onverwacht de volgende woorden zeggen: 'Er bestaat in het leven geen tweede kans. De enige tweede kans die je krijgt, is om weer dezelfde fouten te maken. En *wij*, wij hebben geen recht op fouten.' De blanke buurvrouwen staken hun neuzen diep in hun citroenlimonade en de zwarte, ontkroesde buurvrouwen huiverden, zo opgelaten voelden ze zich. Dit was mijn manier om tegen hen allemaal te zeggen: ik wil jullie niet meer bij mijn voordeur zien, onder mijn blauweregen. Ga maar ergens anders je boze praatjes verkopen. De boodschap kwam aan, dit keer.

Ik had alleen maar overgooiers, jurken van een inferieur soort jersey die in de wasmachine konden, zes in totaal, één voor elke dag – en voor de zon- en feestdagen had ik een witte geborduurde jurk, ingekort tot op de knie, nog van het huwelijk van Grandma Louise.

Ik zag er idioot fatsoenlijk uit vergeleken met de anderen in hun minirokken en shorts. Toch waren zij degenen die gingen biechten om vervolgens absolutie te krijgen en in alle onschuld ter communie te gaan. Ik niet. Míjn misstap was zichtbaar. Mijn misstap was vlees en bloed geworden, onmiskenbaar, in het lichaam van het kind dat ik niet kon ontkennen, zoals die bevoorrechte kerels dat wel kunnen – en mijn misstap zou mijn lotsbestemming worden.

Geen tweede kans? Nu Caryl de wereld heeft verlaten en los gesneden is van zijn moeders lichaam en van wat voor toekomst dan ook, zou je kunnen zeggen dat hij zelfs geen eerste kans heeft gehad.

Het bed deinde en toen ik me op mijn benen hees voelde ik ze onder me weg zwabberen. Ik zag de rondslingerende bierblikjes en snapte het. Er zijn van die dagen dat ik me bedrink. Niet alle dagen, de Heer zij geloofd, maar áls ik het doe ga ik tot op de bodem en de dag erna ben ik bang. Ik zeg bij mezelf dat er ooit een dag zal komen, minder goedgunstig dan de andere, dat ze me dood in mijn bed vinden, gestikt in mijn eigen braaksel, met naast me de hond die zit te janken.

Ik ben niet altijd zo geweest.

Ik heb niet altijd zo gedronken.

Nooit, nooit van mijn leven had ik kunnen denken dat ik ooit een hele dag in bed zou liggen niksen.

Lange tijd had ik mijn man naast me, de beste echtgenoot die ooit heeft bestaan, en onverhoopt een vader voor mijn zoon.

Lange tijd, maar niet lang genoeg, had ik een zoon.

Ik vulde het bad met water, zoals Caryl in mijn droom

had gezegd, ik vulde de drie gootstenen in huis en alles waar maar water in kon. Ik moest bijna een uur lang zoeken naar het handboek voor rampen dat de gemeentelijke dienst had gestuurd en waarin staat wat je moet doen in geval van een orkaan, hetgeen neerkomt op een paar woorden: Maak dat je wegkomt!

Mooie boel is dat. Niks wat ik niet al eeuwen weet. Mensen met eigen vervoer kunnen natuurlijk gewoon weggaan. Als je een auto hebt en familie elders, in het noorden of zo, dan weet je waar je je toevlucht kunt zoeken. En de rijken hebben misschien een taxi gebeld om in allerijl naar Armstrong te rijden, waar ze de eerste vlucht god weet waar naartoe hebben genomen.

Ik heb nog nooit in een vliegtuig gezeten. Maar ik herinner me heel goed hoe mijn hart ineenkromp toen Aaron en ik onze zoon voor het eerst met de auto naar Armstrong brachten. We hadden een klein vermogen opzijgelegd voor een ticket, voor nieuwe kleren en voor iets wat een koffer mocht heten. Ik weet nog dat ik huilde toen ik hem door de controle zag gaan, en in de panoramische hal huilde ik nog steeds, en ik rende langs de ramen want het vliegtuig van mijn zoon, die enorme buik voor dat kleine jongetje van me, dat vliegtuig bleef eindeloze minuten lang voortrollen tot aan de startbaan en toen... toen greep Aaron me beet, sloeg zijn armen om me heen en zei: 'Ik ben blij voor hem. Jij moet samen met mij blij zijn.'

Hij was onze kampioen, onze enige glorie, en hij ging weg, hij was als eerste geëindigd bij het toelatingsexamen voor het hoger onderwijs. Hij was vijftien jaar oud.

'*Een genie in Gentilly,*' schreef de *Times-Picayune* in een paar regeltjes op de achterpagina. '*De grootste universiteit van het land neemt hem aan en geeft hem een beurs.*' Aaron sloeg met de rug van zijn hand op de krant: 'Weet je wel, Zola Jackson, dat de achterpagina van de krant altijd het meest gelezen wordt?'

Een paar minuten later klopt miss Anita op de deur, haar platinablonde pruik in de war, en breed glimlachend zwaait ze met dezelfde krant. Aaron vraagt of ze binnen wil komen om het met een lekkere cocktail te vieren. Miss Anita gaat met haar magere lijf in de grote stoel van Aaron zitten en terwijl ze door een rietje van haar Hurricane slurpt vouwt ze de krant open op pagina twee en laat ons zien dat die helemaal gewijd is aan de zoon van een rijke blanke wapenhandelaar die een door de kerk georganiseerde wedstrijd waterskiën heeft gewonnen. De jongen lacht, hij heeft een hoofd waar de domheid vanaf straalt. De geldprijs heeft hij aan een liefdadig doel geschonken, besluit het artikel.

Ik kon haar wel wurgen, die del van een Anita, met liefde had ik haar die hele rotpruik door de strot geduwd. Er zijn dagen dat je geen zin hebt in de waarheid – niet in de hele waarheid tenminste. Dat je gewoon wilt genieten van wat je hebt, van je eigen beloning, je eigen gevoelens. En ook al zijn die bescheiden, ze zijn mooi wel van ons.

(De blanke wapenhandelaar heeft maar liefst twintig winkels in de stad. Toen de politie door het water was verdreven en de plunderingen begonnen, waren de wapenwinkels van deze man het eerste doelwit. Dankzij hem kwamen in amper één nacht tienduizend vuurwapens op straat in omloop – in handen gevallen van je kunt wel raden wie.)

Toen ik de televisie wilde aanzetten werd me duidelijk dat de orkaan niet meer ver weg kon zijn: na de telefoon was nu ook de elektriciteit uitgevallen. Als alle magnetische velden ontregeld raken, wil dat zeggen dat de orkaan zich voor de poorten van de stad bevindt. De stilte was verpletterend. Deze wijk die van 's ochtends tot 's avonds en van 's avonds tot 's ochtends gonst van geluiden, die altijd vol herrie en beroering is en waar je geen minuut rust krijgt, geen enkele dag in het jaar, begon nu onder zijn lijkwade van stilte echt beangstigend te worden.

Zelfs de vogels zwegen.

Ik verlangde naar stemmen, autogetoeter, ruzies. Ik wilde op zijn minst nieuws horen over de uittocht, over de massa's mensen die te voet of in auto's de ramp hoopten te ontvluchten: ik wilde erachter komen of ik er wel of niet goed aan had gedaan mijn huis niet te verlaten. Je wilt dit soort dingen toch graag weten, en dan jezelf gelukwensen of uitfoeteren om je keuze. En ook – want ik ben echt niet altijd goedhartig hoor, ik kan soms best wel een beetje gemeen zijn – had ik me verkneukeld bij het idee dat ze misschien allemaal muurvast stonden op bruggen of opgesloten zaten in overdekte stadions, terwijl de hitte en de vochtigheid toenamen en het steeds donkerder werd.

In een la vond ik het kleine radiootje van Aaron. Eerst

kraakte het even, toen was de donkere stem van een zangeres te horen die vervormd klonk, alsof het vinyl van de plaat was gesmolten op de draaischijf – en toen niets meer. Ik heb de hele la omgekeerd, en alle andere laden in de keuken, zonder ook maar één batterij te vinden. Toen ben ik op een krukje gaan zitten, mijn armen naar beneden hangend, en ik had het gevoel dat ik zo in huilen kon uitbarsten. Lady likte aan mijn handen, en met kleine duwtjes van haar snuit dwong ze me haar te aaien. Het was haar etenstijd.

Ik heb de vriezer geleegd, zoals de wijze, ernstige stem van mijn zoon me had gezegd. De helft van de bakjes en zakjes was al jaren over de houdbaarheidsdatum heen. Het vlees dat nog goed was heb ik gekookt op het oude gasstel, de gepaneerde vis heb ik gebakken en omdat ik niet wist wat ik met de hamburgers en de zoetigheden moest doen, heb ik die maar weggegooid. Toen ben ik weer gaan zitten en in plaats van te huilen heb ik een Miller-biertje opengemaakt. Dat was ook een vorm van voedsel bewaren: over een paar uur zou het lauwe bier ondrinkbaar geworden zijn.

Een vraag waarover ik me al elf jaar lang het hoofd pijnig: welke stompzinnige kracht maakt dat je zelfs in je diepste wanhoop alle dagelijkse handelingen blijft verrichten, ook al geloof je nergens meer in en al helemaal niet meer in de dag van morgen? Wat maakt dat *de dingen*..., de materiële wereld de overhand heeft gekregen over mijn geest en de manier waarop ik mijn tijd besteed – de weinige dagen die me nog resten? En hoe komt het dat ik, vreemde paradox, geen zin meer heb om te vechten tegen de elementen, zoals ik dat mijn hele leven heb gedaan omdat ik sinds mijn geboorte niet anders heb gezien? Dat het me geen moer kan schelen dat het huis in elkaar stort en alles wordt vermorzeld, al die dingen, dat dwingerige bezit, die overbodige spullen die zo weinig nut hebben dat ze bij de eerste de beste elektriciteitsstoring lachwekkend worden?

Mijn blik viel op het vertrouwde lijf van de hond op de grond. Met haar dikke buik, die bol stond van de uit de vuilnisbak gestolen hamburgers, lag ze te tukken op haar Indiase kleed, vredig en volkomen overgeleverd aan de slaap – misschien droomde ze van een geheel nieuw leven, zonder herrie, zonder radio en tv, maar wel met een cheeseburgerautomaat.

Eigenlijk moest ik doorgaan met mijn taak, de koelkast legen en de restanten koken. Het zou niet veel tijd kosten – zo weinig eten in je keuken, arme Zola. De wind blies met korte vlagen, ik kon er niet echt ongerust van worden. Weer een vals alarm – ik zong zachtjes terwijl ik mijn schort afdeed. Ik nam een Miller uit de koelkast en dacht bij mezelf dat het voorlopig wel de laatste voor lange tijd zou zijn; ik deed nieuwe petroleum in de stormlamp, maakte Lady wakker en samen gingen we naar boven, naar de slaapkamer. Het was middernacht toen ik de vlam uitblies.

# De wind steekt op

Het was twee uur toen ik wakker werd van een hels lawaai.

Eerst dacht ik dat de wekker was gegaan en dat ik mezelf uit bed moest sleuren – Het is maandag, dacht ik,
sta op, Zola, gauw, over een uur heb je les – maar nee,
het was pikdonker, de lamp naast het bed weigerde
dienst en toen wist ik het weer. Ik hoorde Lady piepen,
en haar nagels over de vloer krassen. Toen werd alles
overstemd door een hevige windstoot.

Eerst hoor je alleen de storm die komt aanzetten: het
loeien, het gieren, de razernij. Dan beginnen er ruiten te
breken, de een na de ander, in een aaneenrijging van
kristallen gerinkel; eerst de ramen en de glazen overkap-
ping van de school, daarna begeven de ruiten van de
kerk het en een seconde later wordt de telefooncel op het
kruispunt weggeblazen. (Niemand, nee, niemand had
verwacht de glazen koepel van het enorme stadion de
lucht in te zien vliegen, het pronkstuk van de stad dat
zelfs bestand zou zijn tegen terroristische aanslagen; ze
zeggen dat toen de glazen koepel uit elkaar spatte, het
was alsof er in de straten vuurwerk naar beneden kwam,
in een dichte, kletterende, spiegelende hagelbui.)

Dan is het metaal aan de beurt, plaatijzer dat van daken van fabrieken en garages wordt afgerukt, auto's die
worden opgetild en op straat neergekwakt als strootjes
op het zand van Arizona, waarbij auto's en bussen en

vrachtwagens tegen elkaar aan worden gesmeten in een dans van dood en verwoesting, zoals kinderen dat soms expres doen bij baldadige spelletjes.

En dan, ten slotte, komt het gevreesde moment: een verschrikkelijke herrie, mitrailleurvuur, woest gebeuk. De palen in de straat zijn opeens niet meer dan twijgjes, de daken van de huizen veranderen in een wirwar van mikadostokjes. En je denkt: Is het nu mijn beurt? Is het voor mij dit keer? Gaat nu míjn huis eraan? En ik ook, daarbinnen?

Op het hoogtepunt van het inferno ging ik bij mijn hond onder de trap zitten. Ze gloeide, haar ogen waren wijd opengesperd van angst en smeekten me iets te doen. Ze drukte zich tegen me aan en duwde haar kop in mijn nek, als een baby. Toen de storm over ons heen trok maakte hij boven onze hoofden zo'n gierend lawaai, zo'n alles verpletterend geraas dat het wel leek alsof er honderd onweren waren losgebarsten, met duizenden donderslagen maar zonder bliksem, niets dan duisternis, ja, en toen ik mijn ogen weer opendeed verwachtte ik het huis in puin te zien, de trap losgescheurd, het dak weggevlogen – en wij tweeën misschien nauwelijks meer in leven, wie zal het zeggen, in de zwarte nacht.

*1965*

We hebben niet altijd hier in dit huis gewoond, in dit nette wijkje dat is afgetakeld maar toch nog iets van een soort bescheiden welstand heeft behouden, ondanks de afgebladderde muren en de brandnetels die tussen de straatstenen groeien. Toen Caryl werd geboren en ook nog daarna, tot hij vier was, woonde ik in twee bedompte kamers in een groot flatgebouw in de wijk Lafitte, de allerslechtste buurt, in een complex van rode baksteen dat aangevreten was door vocht en armoede, want armoede hecht zich aan de muren, trekt erin, de armoede sleept in haar neergang de bakstenen muren met zich mee, ze ondermijnt ze en tast ze aan, tot de balken aan toe. Caryl was een baby met wat je noemt een broze gezondheid, dat wil zeggen dat hij bijna altijd ziek was en soms vreselijke koortsaanvallen had. De lucht in die flats was akelig slecht, bedorven. Salpeter, loodhoudende verf, al die smerigheid die in de lucht hing was een bedreiging voor de longen van kleine kinderen en versnelde bij de ouderen hun vertrek *ad patres*.

Op de dag dat de orkaan de stad teisterde was Caryl ziek... ik weet niet meer wat... kinkhoest?... de bof?... zijn zoveelste bronchitis? Hij had meer dan eenenveertig graden koorts. Met de baby in mijn armen liep ik op de tast in het donker de trappen naar de verschillende verdiepingen op en af, ik telde de treden om er niet één te missen, en ik denk dat ik op wel tweehonderd deuren heb geklopt om drinkwater en medicijnen te vragen. Maar de deuren zwegen in alle talen en bleven potdicht. De meeste bewoners waren weggevlucht door de straten, waar ze verdronken, anderen waren misschien te bang om hun deur te openen voor een gekkin die in het donker stond te smeken met een gillende baby in haar armen. Uiteindelijk ging er één deur open. Een aardige meneer (dat is precies het woord dat me te binnen schoot, 'meneer'), die zo lang was dat ik mijn hoofd achterover moest buigen om hem aan te kijken. Ik had best bang kunnen zijn. Zo te zien woonde hij alleen in dit kleine appartementje, waar tientallen stormlampen aan de muren hingen zodat het op een grot leek, eigenlijk wel een beetje griezelig met die dansende schaduwen, maar ik kon alleen maar denken aan het geluk dat ik eindelijk iemand gevonden had.

'U hebt wel een vooruitziende blik, zeg,' zei ik en ik ging een beetje aarzelend in een rotanstoel zitten terwijl hij iets zocht in een blikken trommel met een groot rood kruis erop.

Hij antwoordde, volstrekt ernstig: 'Ik ben bang in het donker.' Ik moest zo hard lachen dat mijn hele lijf schudde en Caryl verrast ophield met huilen.

'Hebt u zijn zuigfles bij u?' vroeg hij, terwijl hij een aspirientje verpulverde met een lepel. Ach – was ik niet de meest onwaardige en misschien wel de allerslechtste moeder van de hele schepping? Toen hij zag dat mijn wangen gloeiden van schaamte moest hij lachen. Als hij lachte was hij opeens veel jonger. Veel dichterbij ook.

Caryl slikte de aspirine van het lepeltje, met suikerwater. Hij was gebiologeerd door de man zijn ogen, en ook door zijn vingers: zulke grote dikke vingers dat je je afvroeg hoe het mogelijk was dat ze zo gevoelig en behendig waren dat ze een baby konden laten drinken, het ene lepeltje na het andere, zonder ook maar één druppel te morsen of het mondje van het kind te missen.

'Nou, je kan wel zien dat u ervaring hebt! Hoeveel had u er zelf?'

'O, dat hebt u mis. Ik heb geen kinderen. Maar ik had wel zes broertjes en zusjes, allemaal jonger dan ik. Dat blijft je altijd bij.'

Buiten gingen de klokken van de kerk als bezetenen tekeer.

. . . . . . . . . . . . . . . . . . . . . . . .

's Nachts, zonder elektriciteit en te midden van het helse lawaai, ben je niet alleen bang, maar je stelt ook gewoon helemaal niets meer voor. Net als kinderen is Lady bang voor de boze wind, en net als kinderen en sommige volwassenen misschien ook voor het donker. De jongeren van tegenwoordig kennen dat niet meer, die zouden compleet gehandicapt zijn als de elektriciteit uitvalt. Een regelrechte ramp. En zelfs ik, terwijl ik toch ben opgegroeid met eindeloze stroomstoringen – op de keukenkalender kon je de dagen van het jaar aankruisen dat alles wél normaal functioneerde –, zelfs ik kan me niet goed meer herinneren welke voorzorgsmaatregelen je moet nemen, hoe je de petroleumlampen gereed maakt en de kaarsen vastzet. Aaron was daar zo handig in. Dat de boel in de fik vliegt is wel het laatste wat je wilt tijdens een tornado.

In de vroege ochtend (van dageraad kun je niet spreken, echt niet) nam de wind iets af, werd het lawaai van brekende dingen iets minder, maar om het karwei af te maken kwam het water, waaraan we eerst nog dachten te kunnen ontsnappen. Het leek een soort theater, een voorstelling waar tussen twee aktes of scènes een pauze werd ingelast: stilte, en dan gaat het verhaal weer verder, de tragedie moet tot het einde toe zijn verloop hebben en de gruwel komt terug in een andere gedaante. Een horizontale regen geselde de gevels en deed de bomen buigen als zeeanemonen. Toen zag ik op het plein twee gebouwen bezwijken, het huis van de kruidenier op de hoek en de wasserette, waarvan de grote winkelruiten verbrijzelden.

Wat de wind begonnen was, zou door de regen afgemaakt worden. Dat is een wet van de hemel, een wet van de hemels uit het Zuiden. Op het dakterras van de wasserette schreeuwde een vrouw in nachthemd verwensingen tegen zowel de hoogste hemel als de diepste hel, maar door de slagregen op het zink waren ze voor beide onhoorbaar.

Ik ken die vrouw goed. Het is Hannelore, de moeder van twee van mijn vroegere leerlingen. Een rijke Duitse erfgename zeggen ze, die door haar familie verstoten werd omdat ze in het geheim getrouwd was met een Indiër – een echte Indiër uit Azië. Hun tweeling was zo mooi dat een reclameman die hen toevallig tegenkwam in het City Park ze wilde inhuren als modellen. *Ook zij hadden lichte ogen*, maar dan blauw, een intens, magnetisch blauw, twee saffieren ingelegd in de saffraankleurige huid tussen twee strepen van dichte, zwarte wimpers. Op een dag was de vader verdwenen, met de twee jongens en het spaargeld van de bank. De vader had de moeder beroofd van haar zonen, haar geld en haar verstand. Ze had alleen de wasserette nog, tien wasmachines en twee drogers. De politie stelde een onderzoek in of deed alsof. Ze veronderstelden dat de vader en de jongens zich niet in India maar in Pakistan ophielden. Later was een buurman met vakantie naar Engeland geweest en die zwoer de tweeling in Londen te hebben gezien. Ze stapten in een bus net toen hijzelf uitstapte. Hij had nog geprobeerd achter de bus aan te rennen, maar zonder succes. De jongens waren natuurlijk ouder geworden, en hun gezichten waren veranderd, maar in de kleur van hun ogen kon je je niet vergissen. Hannelore had het niet willen geloven: 'Als mijn jongens zich vrij kunnen bewegen, dan zouden ze bij me terugkomen. Dan zouden ze me schrijven, of in ieder geval bellen. Nee, ze zitten beslist ergens opgesloten.'

Je moest toch de tijd zien door te komen, al was het maar met domme dingen. Ik ging weer verder met opruimen en maakte eindelijk de koelkast leeg, die veel te groot was voor wat hij moest bewaren: een paar tomaten en courgettes, twee kipfilets, twee maïskolven, twee stukken tonijn. (Ja, ik koop nog steeds alles per twee, ik weet niet of dat is omdat ik het wil of omdat je in de winkels gewoon niets per stuk kunt krijgen. Naarmate de tijd vordert en de rampspoed je meer in zijn greep krijgt, begrijp je steeds beter hoe weinig van onze daden bewust uitgevoerd worden, en hoe weinig er in ons bestaan te kiezen valt. Zelfs daarmee leer je leven, ook al voel je je vernederd omdat je gewoon niet meer dan een speelbal bent. 'Jij bent veel te trots,' zei mijn moeder altijd. 'De Heer heeft liever buigzame nekken en minder hoogmoedige woorden.')

Toen ik het komfoor wilde aansteken wachtte me een onaangename verrassing: bijna alle lucifers waren naar de verdommenis. Ik moest er zeker twintig kapotstrijken voordat er eentje een klein vonkje produceerde. En nog zeker twintig andere voordat het vonkje een echte vlam werd en de vlam lang genoeg bleef branden om het gas aan te steken.

De maïskolven lagen te schimmelen in hun doosje. Ze waren nog van voor de schoolvakantie. Die kleine donderstenen laten me in de steek, zei ik bij mezelf, misschien komen ze helemaal niet meer. Misschien ben je te oud, Zola, met je tafels van vermenigvuldiging en je nauwgezette spelling. De maïs was voor hen, een hapje voor bij hun avondlessen. Met popcorn en jam verlopen de lessen veel beter.

Ik pakte het krukje en, zoals ik mijn moeder zo vaak had zien doen – behalve dat mijn moeder, voorzichtig als ze was, liever op een trapje klom – zette ik mijn voorraad hoog weg, op het buffet, op de kasten en boven op de koelkast. Toen daar geen plaats meer was, haalde ik eruit wat het snelst zou bederven en legde dat op de tafel. En bad dat het water nooit zo hoog zou komen.

De dijken zullen het wel houden, de dijken die de rivier moeten tegenhouden, en het meer. Ze zullen het allemaal houden, dit keer wel, dat hebben ze ons beloofd... 'Gebouwd door de beste ingenieurs uit het hele land... met het beste beton van de hele wereld... beschermt tegen alles, zelfs tegen terroristen'... Hou toch eens op met dat getril, Lady! Foei! Je zou me nog bang maken. Als ik je aai kan ik je angst zowat voelen.

Maar ze begint juist nog veel erger te trillen. Alsof schreeuwen tegen een hond kalmerend zou werken. Ze trilt en duikt in elkaar, ze duwt haar gloeiende kop in mijn nek, en ik sla mijn armen om haar heen, ik wieg haar, dat is het enige wat ik nu moet doen: de angst bij haar wegnemen. Ik dring mijn tranen terug en omarm de fluwelen zachtheid, *sorry lieverd*, ik omarm een vorm van liefde, ik omarm het speelgoedbeest dat ik nooit heb gehad.

Ik had ooit een pop, hoewel, dat is te veel gezegd, het was meer een knuffel, die Grandma Louise had gemaakt toen ze nog kon naaien, met haar stramme, gekloofde vingers. Ik nam Princess altijd mee naar school, niemand die er ooit iets van zei, hoewel de pop vies en armzalig was, en op de naden gescheurd.

Toen ik op een avond na de catechismusles naar huis liep – mijn weg ging dwars door een kleine, rijke enclave in het zuiden van de stad, voor het Fort-Toulouse lyceum langs – werd ik door jongens van het lyceum omsingeld en uitgejouwd. Ze waren als reuzen zo groot, ze droegen geel-rode bowlingpakken en hun gezichten waren verschrikkelijk gemeen, ze spuugden voor mijn voeten op de grond met hun lelijke, witte monden met schuim erop, ze zeiden *achterlijk negermeisje speelt met poppen, negermeisje heeft punttietjes, negermeisje zal gauw een echt nikkertje aan haar tietjes hebben!* Op het eind spuugde hun aanvoerder me in het gezicht, en al hield ik Princess uit alle macht tegen me aan geklemd, toch kon ik haar niet beschermen: ze rukten haar uit mijn armen en trokken haar hoofd eraf en gooiden dat op een glazen dak, zo hoog dat ik er nooit bij zou kunnen.

45

Tussen de struiken, waar het naar bier en pis stonk, vond ik de onthoofde Princess terug. Uit de wond van haar afgesneden hals vloeide geen bloed maar stro, dat prikte en pijn deed aan je handen. Ik probeerde dan maar zo van Princess te houden, in haar staat van geslachtofferde koningin. Ik probeerde het één, twee weken. Toen, op een ochtend, smeet ik haar in een vuilnisbak, zomaar een vuilnisbak ergens in een straat. Ik schrok van mijn verraad en voelde me een monster door de harteloosheid van mijn eigen gevoelens.

Het Fort-Toulouse lyceum werd gesloten, om vervolgens een voorbeeldfunctie te krijgen als gemengde school, voor alle milieus en alle huidskleuren. Als jong meisje en later als jonge moeder liep ik weleens langs de school, en als ik dan omhoogkeek naar het onbereikbare glazen dak ontwaarde ik daar het hoofd van Princess, vastgeklemd tussen twee ijzeren stangen.

Het was gemakkelijk te herkennen, helemaal zwart met een roze mond en hemelsblauwe ogen. Grandma Louise zei altijd dat in haar familie lichte ogen veel voorkwamen. Niemand geloofde dat, want niemand had haar moeder gekend, met haar blauwe ogen, of haar broer, met groene ogen. Niemand nam haar serieus, die oude Louise met haar maffe hoofd. We staken de draak met haar, maar toen ik zwanger was heb ik me toch vaak afgevraagd of het waar was. En eigenlijk hoopte ik stiekem – met enige schaamte, wel wetend dat ik uit de toon zou vallen – dat mijn kind geboren zou worden met blauwe of groene ogen.

Hoe oud was ik die zomer? Eenenvijftig? Tweeënvijftig?

Daar had je hem weer, met dat brilletje, dat kleine beetje haar en die bedeesde maniertjes van de berouwvolle blanke. We kennen onze pappenheimers heus wel. Ze lopen met hangende schouders en neergeslagen ogen. Ze denken allemaal dat ze persoonlijk verantwoordelijk zijn voor al die eeuwen van slavernij en mishandeling, maar eigenlijk is dat toch ook weer een soort trots, een omgekeerde trots, als de keerzijde van een munt waarvan de voorkant nog steeds die heerszuchtige arrogantie is. Valse munten allemaal, pure nep.

Het enorme pakket intrigeerde me. Wat zou hij me willen geven dat zo zwaar en omvangrijk was? 'Ik moest denken aan het lekkers dat je als verrassing voor de kinderen maakt,' zei Troy met een geforceerd onnozel lachje. Nou, een verrassing was het inderdaad: ik stond oog in oog met een popcornmachine. 'Nóg een elektrisch apparaat! Het is heel aardig van je, maar ik kan het echt niet aannemen. Moet je m'n keuken zien! Ik heb zelfs geen stopcontact meer over voor de stofzuiger.' Caryl barstte in lachen uit, zijn neus in de koffie. Hij had me vaak genoeg horen foeteren op Aaron vanwege diens dwangmatige aankopen van allerhande huishoudelijke snufjes, omdat mijn keuken die toch al niet groot was sluipenderwijs veranderde in een laboratorium, met de blender, de mixer, de klopper, de broodrooster, de minipercolator (naast het koffiezetapparaat), de sapcentrifuge, de sudderpan, het wafelijzer, de magnetron, het vleesmes – en

dan sla ik er nog een aantal over want veel andere, soort-
gelijke apparaten zijn teruggestopt in hun doos en staan
werkeloos in de bergplaats. Caryl wist dus heel goed hoe
ik zou reageren op zulke indringers in mijn keukentje.
Oké, het is waar, ik maak mijn zoon graag aan het lachen
en ongetwijfeld overdreef ik een beetje. 'Wat is dat voor
een wereld waar je geen aardappel meer kan schillen
zonder een apparaat met een ellenlange handleiding?
Kijk nou eens om je heen: dit is toch geen keuken meer,
dit is een atoomcentrale!' Nou, Caryl proestte het uit van
het lachen maar Troy werd zo rood dat ik dacht dat hij
zou gaan huilen. Ik legde mijn hand op zijn schouder
(die steviger aanvoelde dan je zou verwachten). 'Neem
het me maar niet kwalijk, Troy. Wanneer jullie in die
mooie marmeren keuken van jullie popcorn maken,
denk dan maar aan mij: dankzij dat apparaat zal bij jullie
de popcorn niet tegen het plafond blijven plakken, zoals
mij de helft van de tijd gebeurt. De kinderen hier uit de
buurt die ik help, dat zijn eenvoudige kinderen met eenvoudige pleziertjes. We brengen meer tijd door met lachen en grappen dan met huiswerk maken. En het is zo
makkelijk en leuk om maïs te poffen in een oude pan, te
wachten tot de korrels ontploffen – *plop* – met een geluid
dat mijn kleine donderstenen doet schaterlachen, en het
lachen van kinderen... Het lachen van kinderen is muziek uit de hemel.'

De volgende morgen schreef ik Troy een brief waarin ik
hem mijn verontschuldigingen aanbood. Tot mijn eigen
verbazing had ik daar geen enkel probleem mee: de we-

tenschap dat ik het voor mijn zoon deed, maakte dat mijn boetvaardigheid me absoluut niet zwaar viel. Ik deed het voor de trots van mijn zoon en ik had gelijk. Sommige zonen smaken het bijzondere genoegen dat ze een beeldschone moeder hebben, maar Caryl had een moeder die verzorgd genoeg kon schrijven om voor een prijs in aanmerking te komen bij een schrijfwedstrijd van de krant. Dezelfde avond nog dat de brief in Atlanta was aangekomen, belde hij me: 'Dank je wel, ma, voor dat gebaar van je. Troy is er zeer door geroerd. Hij zegt dat hij nog nooit zo'n mooie brief heeft gehad. We zeiden het toch altijd al, papa en ik, weet je nog?'

Ja, natuurlijk weet ik het nog. Aaron en hij deden altijd gezamenlijke pogingen me aan het schrijven te krijgen, sprookjes of verhalen voor kinderen; al die verhalen die ik hardop verzon voor mijn kleine deugnieten en die voorgoed verloren zouden gaan, die moest ik opschrijven, zeiden mijn mannen altijd.

Twee dagen later kreeg ik uit Atlanta deze brief terug, die in het geheel geen enthousiasme liet zien, laat staan ontroering:

'Beste mevrouw Jackson, hoe zou ik u die boosheid van u kwalijk kunnen nemen? Ik begrijp heel goed dat u uw overleden man mist, dat u zich eenzaam voelt in dat huis, zeker nu u nog meer alleen bent omdat de school u met gedeeltelijk verlof heeft gestuurd. Maar u hebt gelukkig de leerlingen nog die 's avonds bij u komen. Dat popcornapparaat was net zo goed voor hen bedoeld als voor u. Ik weet dat u me niet mag, mevrouw Jackson, ondanks alles wat ik geprobeerd heb, en ik geef het op. Het is moeilijk om een verjaarscadeau te geven aan iemand die een hekel aan je heeft. Huishoudelijke apparaten leken me neutraal terrein. Maar kennelijk heb ik me weer vergist.

Hoogachtend,
Troy Mackintosh'

Het advocaatje beet venijniger van zich af dan ik verwacht had.

*

We zaten op de overdekte binnenplaats, in de geur van blauweregen en kamperfoelie. Ver van zijn kantoor, waar dit soort gevoelige gesprekken normaal gevoerd werd.

'Mijn beste mevrouw Jackson, u zou wat rust moeten nemen,' was Olyphant begonnen; de nieuwe directeur die door de gemeente was benoemd leek me nauwelijks ouder dan mijn zoon. Zijn stem trilde een beetje. Ik had het verontrustende, bijna komische gevoel dat ik een onschuldig proefdier was in de handen van een jong medicijnenstudentje dat op mij zijn eerste vivisectie ging uitvoeren. 'U slaapt niet en u eet niet.' Ik dacht dat hij ook nog ging zeggen 'en u drinkt'. Maar daarvoor was hij te goed opgevoed. 'U moet wat beter voor uzelf gaan zorgen, beste mevrouw Jackson. Er is een vergadering van de raad van bestuur geweest en we hebben besloten dat u nog maar de helft van de tijd gaat werken... in afwachting van uw herstel. Ik kan niets beloven, maar ik zal zien wat ik kan doen om u uw volledige salaris te laten behouden.'

Ik zei, met een klaaglijke stem die ik niet van mezelf kende: 'Maar wat moet ik zonder mijn kinderen?'

Olyphant was aangedaan. Zijn kaakspieren spanden zich onder de huid van zijn wangen en zijn ogen werden vochtig. Hij wendde zijn blik af, schraapte zijn keel: 'De kinderen zijn bang voor u, Zola. O, neem me niet kwalijk! Is het goed als ik u bij uw voornaam noem...? Ik mag u graag, ziet u. De juiste vraag is echter niet "Wat moet u zonder de kinderen?", maar: "Wat moeten de kinderen met u?"'

*O, werkelijk? Je maakt ze bang, Zola: is dat wat de mensen zeggen? Nou, dat zullen we nog wel eens zien.* Binnen een week waren er in mijn hele huis niet genoeg stoelen meer om aan de tafels te zitten, in de keuken en in de zitkamer, voor de hele stoet kinderen die ik zogenaamd schrik zou aanjagen maar die allemaal heel onbevangen binnenkwamen. In de keuken, aan de formica tafel, zaten de kleintjes. In de zitkamer leunden de grotere kinderen met hun ellebogen op de mooie mahoniehouten tafel. In het begin waren ze allemaal braaf. Ze verveelden zich een beetje. Ik begon ze verhalen uit de geschiedenis te vertellen (vooral de Grieks-Romeinse oudheid vonden ze spannend).

Toen kreeg ik het idee ze op wat lekkers te trakteren, nadat ik had gemerkt dat de meeste van die koters sinds de ochtend niets meer in hun maag hadden gekregen, soms zelfs niets sinds het avondmaal van de vorige dag.

Met het eten kwam al gauw het idee van de popcorn: niet duur, snel en makkelijk – tenminste, dat hangt ervan af.

*

Een paar maanden later – ik was nog steeds eenenvijftig en weer waren we in mijn keuken – zaten ze rechtop tegenover me, allebei een beetje ongemakkelijk, met dat stompzinnige air van mannen die de dappere ridder willen uithangen maar er niet zeker van zijn dat ze in het zadel zullen blijven zitten.

Caryl begon. 'Je kunt hier niet langer alleen blijven, het wordt hier onveilig.'

'Hoezo? Ik ben heus niet bang hoor.'

'Ma, hou jezelf toch niet langer voor de gek. Ik ben hier opgegroeid en ik zie echt wel dat de buurt niet meer is zoals vroeger. Helemaal niet.'

'Wie zou mij nou kwaad willen doen? Een kauwgomkauwende gangster die ik nog heb leren lezen, die ik verzorgd heb na zijn eerste vechtpartijen, van wie ik soms nog de billen heb afgeveegd? Die zou mij iets willen aandoen?'

'Kom toch bij ons in huis wonen, ma.'

Het kwam aan als een soort aardschok: dat ik zou moeten wennen aan het idee van een huis, ergens ter wereld, dat niet het mijne is.

'We hebben een kamer voor u,' haastte de ander, die Dinges-hoe-heet-ie-ook-weer, zich te zeggen.

'Beter dan een kamer, ma: een echt appartement, in het souterrain, met een badkamer en een keukenhoek, helemaal voor jou alleen.'

'Dus ik mag in de kelder? En moet ik daar dan in mijn eentje eten? Jullie hoeven echt niet zoveel moeite te doen hoor.'

Toen verliet Dinges-hoe-heet-ie-ook-weer de keuken, terwijl hij Caryl iets toevoegde in de trant van: zoek het verdomme zelf maar uit. Hij praat altijd zo lelijk tegen mijn zoon.

Dinges heeft geen stap meer over de keukendrempel gezet. Ik zag hem in het tuintje met grote passen heen en weer lopen op die lange versierdersbenen van hem, met zijn koptelefoon op zijn hoofd geklemd, helemaal vol van zichzelf.

'Dan moeten we denken aan een hond, als oplossing. Ik zou geruster zijn, ma, als je een hond bij je had. Een labrador, die zijn lief en ook waaks. Een mooie chocoladebruine labrador misschien?'

'En waarom bruin? Zodat hij op me lijkt, misschien?' Wat een belediging.

'Nee, ma, zulke honden zijn tegenwoordig in de mode, het schijnt echt een leuk ras te zijn.'

'Sinds wanneer weet jij wat in de mode is, je zit altijd met je neus in de boeken, je draagt nog steeds dezelfde spijkerbroek, dezelfde bril en dezelfde gymschoenen als toen je vijftien was. Een leuk ras? Eerlijk? Nou, dan wil ik een leuke witte labrador. Een wit teefje. Witte teefjes zijn zacht als speelgoedbeesten. Witte teefjes zijn aanhalig.'

Caryl barstte in lachen uit. Als hij lacht, mijn zoon, dan verandert de ruimte, de lucht vibreert, het licht krijgt alle kleuren van de regenboog en de contouren vervagen: alsof het gezicht van de wereld zelf gaat lachen, alles wordt ruim en helder, de keuken wordt een paleis, het binnenplaatsje een vorstelijke tuin en mijn hart een omhoogschietende ster.

De volgende dag was het Thanksgiving, Nina was komen eten met haar verloofde (een van de velen maar ongetwijfeld de enige met wie je voor de dag kon komen), en toen werd er aan de deur gebeld, en op de mat vond ik dat kleine hondje, lichtbeige, bijna wit. Verstopt tussen de mollige plooitjes van zijn hals droeg het een lint met het opschrift 'Witte chocola'. Ik wilde het eerst Lafayette noemen, maar Caryl zei dat het een vrouwtje was en dat ze dus een meisjesnaam moest hebben, en toen werd het Lady.

. . . . . . . . . . . . . . . . . . . . . . . . . .

Aan water zouden we geen gebrek hebben, o nee. Stilstaand water, stinkend water, verrotting.

Die maandagavond was het regenwater gestegen tot bovenaan de vijf treden van het stoepje, en door toedoen van de wind en een paar kierende planken was het de keuken binnengesijpeld, en nu stond het daar een of twee centimeter hoog. Mijn slippers maakten een floppend geluid op het linoleum. Het deed me denken aan vele avonden uit mijn jeugd.

Het was etenstijd, Lady draaide rond in de keuken,

haar natte poten precieus optillend – ze vond het maar niets, dat water in huis. Toen ik rijst wilde koken kwam ik erachter dat alle lucifers verpest waren. Onbruikbaar tot het weer zou gaan waaien, een beetje droge wind als het mag. Lady keek naar haar bak waarin een weinig overtuigend mengsel lag van hondenbrokken, rode tonijn en sperziebonen uit blik. Ze slaakte een diepe zucht en sloeg toen haar grote zwarte Egyptische slavinnenogen naar me op, die zachte ogen die net opgemaakt leken, omrand met zwart potlood. Haar teleurstelling over de maaltijd stond er onverbloemd in te lezen. Ik had geen trek, dus gaf ik haar mijn kipfilet.

'Weet je nog, mijn hartje, amper een jaar geleden, de storm heette Iwan en de mensen vluchtten weg uit de stad. De tv zond hartverscheurende beelden uit, lange opnamen vanuit de lucht, met massa's mensen die niet voor- of achteruit konden, op bruggen tegen elkaar geklemd, als beesten die staan te wachten bij de ingang van de veekraal of bij het slachthuis, al die vluchtelingen die met honderdduizenden muurvast zaten, vlak voor de opritten naar de snelwegen, in de verzengende zon, twaalf uur lang, soms wel twintig uur... En als ze ten slotte ergens aankwamen, wat moesten ze dan?' De hond had zich door mijn vertrouwde stem laten sussen, ze deed haar ogen open en gaapte. Als ze op Aarons stoel wil gaan zitten doet ze dat altijd gewoon, zij is de werkelijke baas hier in huis. 'Zeg op, heb jij 'm soms gezien, die Iwan de Verschrikkelijke?' Ik lachte voluit, de hond kwispelde en als om mijn goede humeur met mij te delen stapte ze van de stoel af en sprong naast me op de bank, leunde op mijn knieën en likte minutenlang mijn wangen. Soms als ze dat doet, vergeet ik dat ik huil en dat ze mijn tranen weglikt. Het voelt lekker. Niet erg hygiënisch maar wel lekker. Alleen, die avond huilde ik niet. Ik pakte een Miller-biertje uit de koelkast. *That's the way it is*, zong ik. Zo gaat dat nu eenmaal bij de Jacksons, en wat een lol hebben we! Het bier schuimde flauwtjes in plaats van *pschitt!* te zeggen, zoals het hoort. Ik goot de fles leeg in de gootsteen. Een nieuwe, versere en levenslustigere Miller spuugde zijn vreugde uit over de bank en zo was alles goed.

Had ik niet gezegd, mannen van me, dat jullie niet ongerust hoefden te zijn? We hebben het overleefd, we zitten nog steeds rustig in ons eigen huis, lekker koel, niet zoals al die arme stakkers die na urenlange verkeersopstoppingen nu in opvangcentra dicht opeen gepakt zitten. Jullie ouwe Zola weet wel wat goed is, ze kan met een gerust hart naar bed gaan. Haar huis staat er nog, zelfs geen scheurtje in het dak – goed gedaan Aaron! En ik heb mijn hond aan mijn zijde, mijn allerliefste vriendin – dank je wel mijn zoon!

Het water stijgt, dat gaat gewoon door, ik zou laarzen moeten hebben, ik loop nu echt door de nattigheid te waden, maar tenslotte heb ik dit mijn hele leven gekend, toch? Water dat onder het afdak door spoelde, dat in de keuken soms een meter hoog stond – en dan de volgende morgen een stralende zon waardoor alles, binnen en buiten, weer opdroogde, en de hele buurt glom als een spiegel. Dus nu heb ik vertrouwen in die rode zon die ik tussen de wolken door zie schieten. Ik omhels jullie, mannen van me, ik druk jullie uit alle macht tegen me aan, voor zover ik dat nog kan. Lady en ik gaan naar boven, slapen. De zon was terug maar nu gaat hij onder, laten wij zijn voorbeeld volgen.

In de schemering ontwaarde ik door de hordeur een allermerkwaardigste, om niet te zeggen wonderbaarlijke optocht. Menselijke inventiviteit en handigheid waren samengekomen in deze stoet die gevormd werd door vier mannen, twee volwassenen en twee jongens, die naast een wel zeer ongebruikelijk vaartuig liepen: een bejaarde dame in een rolstoel was met stoel en al in een oude vrieskist zonder deksel gezet, en deze onttakelde vriezer was haar vlot geworden, dat door de vier begeleiders langs allerlei klippen werd geleid: obstakels die je kunt zien, zoals losgerukte lantarenpalen, autowrakken, brokstukken van balken, en andere die onzichtbaar zijn, die onder het oppervlak heen en weer deinen en waarover je je benen breekt.

Ze heeft iets moois, die oude vrouw, ze lijkt een uitgeputte koningin, op haar troon met wieltjes in dat amfibievoertuig, omgeven door haar vier lijfwachten. Haar blik gaat van de een naar de ander, dan slaat ze haar ogen op naar de rood kleurende lucht, ze zijn troebel door de grauwe staar maar hebben een o zo trotse uitdrukking.

Stel dat ze nu zou overlijden, dan zou het eigenlijk ook wel handig zijn: geen lijkkist nodig, je zou haar zo kunnen begraven, zittend op haar stoel in de sarcofaag van plastic en metaal. Maar dan moet je waarschijnlijk wel eerst het deksel terugvinden. De vindingrijkheid van haar kinderen zou op die manier wel ten volle benut worden.

Bij de kleinste van de jongens komt het water tot aan zijn kin, de stakker verliest zijn evenwicht en krijgt een slok binnen die hij weer uitspuugt, walgend van de smerige smaak. De smaak en ook het idee, als hij denkt aan al die lijken die ze tegenkomen, dat natte massagraf. In Sodom waren de rivieren vast schoner.

Ik zou kunnen vluchten, als ik zin had. We zouden 'm kunnen smeren, Lady, geld is geen probleem, weet je dat wel? Ik heb spaargeld op de bank, genoeg om samen oud te worden. We zouden een nieuw leven kunnen beginnen, onder een vriendelijkere hemel. We zouden... maar we gaan niet weg uit deze stad. We zijn er geboren, we hebben er geleden onder alles wat een schepsel Gods maar voor zijn kiezen kan krijgen, en we blijven.

Niet dat we van ellende houden, helemaal niet, en het is ook geen gebrek aan verbeeldingskracht.

Het is gewoon dat we niemand hebben naar wie we toe kunnen.

Ik sliep de slaap der rechtvaardigen en van de Rohypnol toen de hel weer losbarstte: een explosie, en toen nog twee, maar nu was er niets meer wat deed denken aan brekend glas. Het leek eerder op het ontploffen van bommen, of de uitbarsting van een onderzeese vulkaan. Toch waren de straten stil, de wereld was in ruste. Welke gek zou het in zijn hoofd halen op deze avond de stad te bombarderen? De ontploffingsgeluiden kwamen van de oevers van het meer, en het waren geen klappertjes van kinderen of vuurwerkbommetjes van feestvierders, nee, het was een onderaards, ondergronds gedonder dat alle huizen in een omtrek van kilometers deed trillen, van Gentilly tot Bywater en Saint Bernard, heel het negende district stond op zijn grondvesten te schudden. De dijken hadden het begeven.

Ik ging naar beneden om in de keuken bier voor mezelf en hondenkoekjes voor Lady te halen. Het water kwam tot mijn middel, maar buiten, alsof de wereld een omgekeerd aquarium was, had het al de bovenkant van de ramen en de glazen deur bereikt. Ik wachtte de ramp niet af – het hout kreunde, het kermde onder de druk – ik heb niet gewacht tot de deur en de ramen uit hun hengsels gesleurd zouden worden. Ik ben snel de trap weer opgeklommen.

Lady schrokte de koekjes naar binnen, zonder te kauwen. 'Zeg, hondje van me, luister eens: vanaf nu zitten we waarschijnlijk echt in de problemen.' Maar zij strekte zich loom uit, en ik drukte haar tegen me aan, zo hard dat ze piepte. Veertig jaar eerder, toen het monster Betsy heette, hadden ze de dijken al eens opgeblazen, zodat het water de arme wijken zou binnenstromen en zodoende de Franse wijk en de zakenpanden gespaard bleven.

Op de wijzerplaat van de oude wekker gaven de groen fluorescerende wijzers bijna middernacht aan en wat heb ik gedaan? Nou, ik deed iets raars: ik ben in slaap gevallen. Ja, ik viel weer in slaap, net als Lady, die in haar volle lengte tegen me aan lag. Binnen een seconde lag ze heerlijk te snurken.

Ik volgde haar voorbeeld en viel een minuut later ook in slaap, met die merkwaardige rust die over je komt wanneer je tevreden bent omdat je je van je taak gekweten hebt: twee uur lang was ik bezig geweest met het dichten van gaten en spleten, om alles zo goed mogelijk te beschermen, en al mijn spullen had ik bij elkaar gezet. Ik zal me maar niet verlagen tot de leugen dat ik alle veiligheidsvoorschriften uit de gemeentebrochure heb gelezen.

Ik had een voorraad kaarsen, zes pakken van tien stuks, en ik had vijf liter reukloze petroleum voor het komfoor en de lampen – maar niet genoeg lucifers, nee, niet als deze toestand eeuwen ging duren.

# De zondvloed

De hond hield haar blik strak op me gericht, vol ongeloof, haar zwarte ogen wijd opengesperd. Ondanks haar angst trilde ze niet meer: ze was nu volkomen ontredderd, ze zat verstijfd rechtop op het kussen, als verlamd, ze knipperde zelfs niet met haar ogen. Hoe had het water zo hoog kunnen stijgen, tot aan de eerste verdieping, zelfs tot aan ons bed? Toen ik wat water naar mijn lippen bracht proefde ik de zoutige smaak en ik begreep dat er geen sprake meer was van regen of seizoensgebonden stormen. Ook de rivier speelde geen rol meer. Het was het water van de grote lagune, het water van Pontchartrain. Na veertig jaar was Betsy teruggekomen: *precies veertig jaar later – bijna op de dag af –* kwam Betsy's spook weer terreur zaaien in deze stad waar God zo weinig van houdt.

Het duurde lang voordat ik me ergens toe kon zetten, misschien wel dertig minuten, de hond zat dicht tegen me aan. Uiteindelijk stond ik op, het water kwam tot halverwege mijn benen. De trap was verzwolgen en ik bedacht meteen dat ik zou moeten duiken, mijn neus dichtknijpen en omlaag duiken om de etenswaren uit de keuken te redden, en ik wist ook dat ik dat niet zou doen want ik had nooit willen leren zwemmen, ik ging niet graag met mijn hoofd onder water en onder water zwemmen leek me al helemaal niets. In het trapgat dreef van alles: theedoeken, sponzige stukken brood en drie Tupperwaredozen, die ik juist in veiligheid had willen brengen door ze boven op het buffet te zetten en die ik nu probeerde te pakken, me met mijn rechterhand vasthoudend aan de trapleuning van de overloop terwijl ik met de linker onhandig graaide naar een eetbaar stuk tonijn of kip. Ook zette ik nog drie stappen naar de badkamer om me ervan te vergewissen dat de wc niet was overgestroomd, dat je nog steeds een beetje kon poedelen, en je behoefte doen.

Op het laatst vatte ik moed om te gaan kijken wat de buitenwereld voor ons in petto had. Voor het slaapkamerraam langs joeg een woeste maalstroom van water dat zo donker was dat je er niets doorheen kon zien, zelfs de stoep van mijn huis niet, die zes meter lager onder water lag.

Water in de keuken, dat kende ik, daar was ik mee opgegroeid. Maar op de eerste verdieping, nee. Ook had ik nog nooit een verdronken mens gezien.

Die ochtend kwam het eerste lijk diagonaal voor mijn slaapkamerraam langs drijven, het gleed zachtjes maar tegelijkertijd te snel voorbij, op z'n buik liggend, de armen zijwaarts gestrekt, in de vorm van een kruis. Door de opbollende kleren leek het een grotesk baken.

Vanaf het doorweekte bed zie ik rechts van mij de trap die verzwolgen is door vettig, stinkend water.

Aan de linkerkant zie ik, omlijst door het raam, de ongerepte hemel, schoongewassen en opgedroogd – zo puur, zo blauw. Een onschuldige hemel. Je zou er tranen van in je ogen krijgen, zo onschuldig.

In de straat verderop kun je een klein lichaampje zien hangen in de takken van een eikenboom, een van de laatste die nog overeind staan. Leeft het lijfje nog en klampt het zich uit alle macht vast?... of is het al dood, dreef het langs en is het gewoon blijven haken, blijven steken in de boom?

\*

De vogels zwegen. Ze waren vast allemaal weggevlucht, de zilverreigers, de Vlaamse gaaien, de kolibries, en ook de rode kardinaalvogels. Hun nesten verloren gegaan, hun kleintjes gestikt, waar was nog troost te vinden?

Ook de insecten lieten het afweten, de bijen, de wandelende takken, de doodshoofdvlinders, zelfs de muggen. Waar waren onze muggen gebleven? Vast druk bezig in de bermen, en in de stadions en de noodtenten, met bloed zuigen uit de stervenden.

\*

Lichamen drijven op hun buik, allemaal, zonder uitzondering. En allemaal hebben ze de armen wijd uitgespreid: christelijke bodybags.

\*

Soms zie je boven op een lijk een meevarende rat zitten. Een rat die een boottocht maakt. Geweldig.

Een vrouw schreeuwde vanaf een dak: 'Wie komt ons redden?'

Een wat vettige mannenstem antwoordde: 'Ik kan de kustwacht zien, aan de horizon. We worden zo opgehaald.'

Een andere mannenstem, wat jonger nu, onvolwassen, bijna schel: 'De helikopters vliegen over de wijk heen, maar ze komen niet voor ons. Ze vliegen naar het centrum en naar de dure buurten.'

Het kolkt zo hevig in de riolen dat de putdeksels worden opgetild en het water op de vier hoeken van het kruispunt als een geiser omhoog spuit. Fonteinen van poep, stromen zwart en stinkend water, om onze ophanden zijnde dood te vieren.

In het busstation zie je bussen hun parkeerplaatsen verlaten en wegglijden, ze vormen elegante rijen als op een schaatsbaan en uiteindelijk botsen ze natuurlijk allemaal tegen elkaar aan: alsof de spoken van hun verdwenen chauffeurs hadden besloten botsautootje te spelen, stoute chauffeurs, verdomde grappenmakers...

Gisteren zagen sommige mensen nog kans te lopen. Vanochtend voelen zelfs de meest stoutmoedigen de grond onder zich wegzakken, ze slaan met hun armen maar die beweging drukt hen juist nog dieper in een draaikolk en ze gaan kopje-onder, verbaasd, hun laatste blik is een soort frons vanwege de verbijstering dat ze nu gaan sterven, zonder enige ophef, zonder bloemen of kransen, zonder enige god. Niemand maar dan ook niemand van hen heeft God aangeroepen toen ze na een worsteling uiteindelijk onder water verdwenen. Bedrieglijke god, onmachtige god, afgedane god, het lijkt erop dat je rijk hier een einde vindt.

Een of andere slimmerik heeft een vlot gefabriceerd van twee met touwen aan elkaar gebonden biervaten. Hij dacht dat ze zouden blijven drijven. Het vlot zonk binnen een uur. Door het bier zakte het bouwsel nog sneller naar beneden, vandaar. Nee, Lady, je mag niet lachen om het ongeluk van anderen.

De lucifers zijn gezwollen door het vocht, de zwavelkoppen helemaal zacht, ze verpulveren als ik ze afstrijk, zonder maar het kleinste vonkje te produceren. Hoe moet dat met de kaarsen, en de petroleumlampen? Ik heb licht nodig. Zonder licht stik ik. Ik had nooit, nooit moeten stoppen met roken, ooit lag het huis bezaaid met aanstekers en nu niks meer, nergens vuur, en ik ga dood omdat ik ben opgehouden met de enige slechte gewoonte die ik ooit had en die niemand kwaad deed...

'... Dozen vol lucifers ja, helemaal wit, verpest door het water. Ze waren niet van planken gemaakt, onze huizen, maar van lucifers die in stukjes braken, die verpulverd werden in de kaken van de maalstroom... dat was dus onze wijk.'

Ik houd van mijn huis, het is niet erg mooi maar het is wel van mij. Een huis met zicht op het leven: door de ramen omvat mijn blik het hele kruispunt. Ik kan alles zien zonder dat ik echt hoef te gluren. Het kijkspel dient zichzelf aan, gratis, in een ononderbroken stroom, net als de televisie. Alleen biedt het eindeloze feuilleton hier nauwelijks meer verrassingen; het meest bewegelijk zijn nog de basketballen en de stemmen die je hoort weerkaatsen tegen de muren. Arme, kleurloze, onbetekenende levens: auto's die op elkaar botsen bij het stoplicht, jongens die voetballen op een veldje achter het busstation, jonge moeders die met hun klapstoeltjes komen aanzetten om wat frisse lucht te snuiven onder de magnolia's in het plantsoentje, hun baby's aan de borst of wiegend in een mand, het lachen van de moeders en het gekwebbel van de kleintjes; dat alles verzacht mijn hart en maakt dat ik me verbonden voel met de wereld. (Er zijn ook, niet vaak godzijdank, treurige avonden, wanneer de geluiden me op mijn zenuwen werken, de stemmen, de auto's, het kaatsen van de ballen, wanneer het dagelijkse feuilleton me afkeer inboezemt en ik me een buitenstaander voel, afgesloten van alles wat menselijk is.)

*1969*

We hebben hier niet altijd gewoond, nee, en ook niet altijd met Aaron. Lange tijd was Aaron iemand die in hetzelfde gebouw woonde, een aardige en hulpvaardige buurman, iemand die je op een stormachtige nacht te hulp schiet als je baby meer dan veertig graden koorts heeft en er geen arts is die komt kijken (als je die al kunt

bellen, als je er al in slaagt naar buiten te komen en de telefooncel te bereiken zonder door de stroom te worden
meegesleurd), wanneer je in het donker over de gangen
en trappen van het flatgebouw dwaalt op zoek naar een
levende ziel die zijn deur wil opendoen. De buurman
van de tweede verdieping bleef me angst aanjagen met
zijn reuzengestalte. Overdag leek hij nog groter en breder. Vooral zijn hoofd was enorm.

Hij had van alles gedaan in zijn leven. Op zijn zestiende werkte hij als dagloner en plukte fruit in Texas, daarna ging hij op de scheepswerven in Alabama werken,
vervolgens was hij metselaar, landarbeider, toen buschauffeur in Dallas, bewaker bij het casino in Vegas, en
ten slotte vestigde hij zich hier en begon in de Franse
wijk een souvenirwinkeltje waar hij aan toeristen snuisterijen en allerlei zogenaamde voodoo-prullaria verkocht, gegarandeerd echte *cajun*.

Op een dag klom Aaron de drie trappen tussen onze
verdiepingen op: 'Miss Zola, je kunt toch niet de rest van
je leven een ongehuwde moeder blijven. Dat is voor niemand goed. Trouw met me, dan wordt jouw zoon ook de
mijne. We zullen gelukkig zijn. Of zo goed als, dat beloof ik je. En ik beloof ook dat ik je zoon zal opvoeden
met alle liefde en ruimhartigheid die daarvoor nodig
zijn.'

Dat was in de tijd dat de rijke blanken de stad ontvluchtten en in geheel nieuwe buitenwijken gingen wonen,
waar mooie woningen voor ze gebouwd werden. Ze hadden namelijk te horen gekregen dat de scholen voortaan

openbaar zouden zijn, en gemengd, en dat hun nakomelingen de banken zouden gaan delen met gekleurde kinderen. Ze zijn hier in Louisiana niet echt racistisch, naar het schijnt is dat te danken aan de Fransen, die nooit aan apartheid hebben gedaan (*aparthaat*, zei mijn Caryl). Bij ons wordt een grap verteld die veelzeggend is: 'Oké, we waren dan wel slaven van de Fransen, maar ze trouwden tenminste wel met hun slavinnen als ze die zwanger gemaakt hadden.' Toch zijn er grenzen die niet overschreden mogen worden – en woorden die je moet vermijden, zoals dat nare woord desegregatie.

Zo heb ik bijvoorbeeld nooit geweten hoe het is om blanke leerlingen te hebben. Ik had in mijn klas alle kleuren bruin, de snoetjes gingen via koper- en chocoladekleurig van dropzwart naar lichtbruin, maar een roze popje met vlasblonde haartjes, nee, dat heb ik nooit meegemaakt.

Toen de rijken vertrokken waren lag er een nieuwe ruimte voor het grijpen, en een ware bezettingskoorts maakte zich meester van de stad. Bungalows verrezen binnen een paar dagen tijd, als bomen die tot in de hemel groeiden. De oevers van het meer joegen geen angst meer aan, integendeel: de dijken garandeerden ons een droomleven in het land van de Apollo 13 en mannen die op de maan liepen. Wie de maan heeft veroverd kan op aarde niets meer verkeerd doen. Dat was het idee, en we geloofden daar vast in – het was prettig om erin te geloven, te geloven dat dit ondermaanse verlost was, genezen, gered voor de Eeuwigheid.

Dus toen zijn we verhuisd. Ik gaf naast mijn uren op school ook privélessen en we kwamen in deze wijk terecht, Gentilly, die lager ligt dan het meer, en we hadden het er helemaal niet slecht. De wijk zag er in het begin aardig uit, met de pas geverfde huizen en nieuw aangelegde tuintjes. De buren waren aan lager wal geraakte blanken die zich verborgen onder elegante kleren uit een ander tijdperk en bourgeois gewoonten die hun middelen te boven gingen, of zwarten met wat geld, ontkroesd haar en een gelige teint van de blekende crèmes; ze vonden elkaar in bepaalde vormen van zelfverheffing, zoals snobisme en minachting voor anderen.

En ook al deden ze alsof ze ons waardeerden, allemaal lieten ze ons voelen dat we niet in de wijk thuishoorden: de enorme Aaron droeg geen grijs kostuum of wit gesteven hemd en ik was te zwart, ik kleedde me zonder smaak en ging slechts twee keer per jaar naar de kapper. En dan had onze zoon ook nog te groene ogen, een te lichte huid en vreemde gewoonten. Bovendien vergaten we naar de mis te gaan, had mijn man een ordinair beroep en hield ik de kinderen op school altijd voor dat de doodstraf monsterlijk was.

*

Ons huis is stevig, Lady. Hoe vaak moet ik dat nog zeggen, wanneer snap je dat nou eindelijk? Ach ja, natuurlijk, je bent een hond... Maar piep niet zo, alsjeblieft, en kijk me niet zo aan met die ogen van je: ze zijn zwart van angst. Ik weet het net zo goed als jij, ik ben niet doof, ik hoor ook wel hoe alles kreunt, hoe het kraakt en gromt onder onze voeten. Net als jij voel ik hoe het huis beweegt, siddert. Maar ik ben niet bang. Heb maar vertrouwen in me. Heb ik ooit je vertrouwen beschaamd? Het huis is stevig, meisje, het is gebouwd door mijn echtgenoot die met zijn handen alles kon maken. En dat waren geen juffertjeshanden hoor, neem dat maar van mij aan. Je had moeten zien hoe handig hij was, en hoe snel hij werkte. Drie maanden, drie maanden maar om ons huis te bouwen. Die fundering van hem begeeft het echt niet, hoor. Wat zit je toch te bibberen en te piepen? De heipalen die hij erin heeft geslagen zijn sterker dan welke betonnen fundering dan ook. In minder dan een uur zou hij een mooi hondenhok voor je gebouwd hebben. Nee, ik bedoel niet dat jij nu in een hok moet, buiten. Het is maar bij wijze van spreken, om je duidelijk te maken hoe enorm handig hij was. Hoe kunstig hij van alles kon maken. Misschien maar goed ook dat je er toen nog niet was. Ik weet niet of je van hem gehouden zou hebben als je hem gekend had. Je had niet hetzelfde leven gehad, o nee. Want mijn Aaron was niet zachtzinnig met dieren. Van hem moesten dieren buiten slapen, in stallen, in kippen- of hondenhokken. Je had zelfs niet eens binnen mogen komen, Lady. Laat staan op het bed liggen! Foei!

Hij was hard. Een harde werker. En hard voor anderen. Ik weet niet of er een hemel bestaat, en of je dan in die hemel een kamer hebt van waaruit je omlaag kunt kijken naar de aarde en in het bijzonder naar het stukje grond waarop je dierbaren verder leven, maar als hij echt zou kunnen zien wat zich hier iedere nacht in dit huis afspeelt, dat jij in mijn slaapkamer mag, dat je op zijn plaats ligt, links van mij, dat je je op zijn hoofdkussen oprolt, dan zou hij verschrikkelijk tekeergaan op die woeste wolk van hem, dat is niet moeilijk voor te stellen, hij zou tieren van woede. Tenzij hij natuurlijk een beetje met mij te doen heeft. Ik weet het niet. Aaron was niet bepaald toegeeflijk waar het andermans zwakheden betrof. Maar misschien dat je daarboven wat milder wordt, tussen al die engelen en dat bleke blauw; misschien dat de zenuwen zich ontspannen en je wat inschikkelijker wordt, en dat dan vanzelf ook je hart verzacht.

Ik stel me hem voor, vastgeklonken aan zijn luchtgondel, gewiegd door kosmische winden, met als enige horizon de eeuwige spijt dat hij niet genoeg heeft gelachen en bemind. Een altijddurende staat, daar moet hij gek van worden, mijn Aaron, hij kon niet eens even stilzitten in de *rocking chair*, en hij wilde nooit samen met mij op de schommelbank zitten op het vierkantje van vergeeld gras, al die dingen die mensen doen, die je geacht wordt te doen, die iedereen doet – maar ach, wat zou het, ik kan het net zo goed opbiechten: eigenlijk heb ik nooit geloofd in dat soort goedkope plaatjes, dat aanstellerige, kleffe gedoe, iets wat gewoon is overgenomen uit de blanke droom. Ik hield van die ruwheid van mijn man Aaron, ook al hoorden we daardoor niet meer bij de fatsoenlijke wereld. Ik was er trots op.

Maar goed, en nu... laten we hopen dat hij werkelijk een goede timmerman was. Dat zijn funderingen inderdaad sterker zijn dan beton. Ik heb namelijk geen vergelijkingsmateriaal. Nooit eerder heeft dit huis het zo

zwaar te verduren gehad, moest het zulke stormen doorstaan en was het zo overspoeld door water als nu.

*

Het is een huis zonder gordijnen. In dit land waar iedereen de ander bespioneert en zijn eigen ruimte verdedigt,
wordt de afwezigheid van gordijnen gezien als godslas-
tering en ben ik een ketter.

Ik moest ook niets hebben van Tupperware-party's of
verkoopmiddagen van Avon, en ik heb nooit meegedaan
aan het spel van *window treatment* waarbij de dames uit
de wijk deden wie de mooiste ramen had, en die daartoe
vol hingen met allerlei frutsels en tierelantijnen.

Om je dood te vervelen, al die kakelende buurvrouwen in hevige opwinding over de goede sluiting van een
plastic doos of de kwaliteit van een verzachtende zeep.

Jackie Fontaine was een kampioen in het organiseren
van verkoopparty's bij haar thuis. Ze was er niet weinig
trots op dat ze dezelfde voornaam had als de jonge wedu-
we van de vermoorde president en dat ze net als zij Franse voorouders had, en met wisselend succes probeerde
ze de fysieke gelijkenis te vergroten door haar haar
bruin te verven en net zo te laten knippen als haar voorbeeld, en door net zulke malle hoedjes te dragen en dezelfde handtassen, die ze links en rechts leende – alleen
had de Jackie van ons hele kleine oogjes die diep in de
oogkassen lagen en was er een chirurgisch wonder nodig geweest om haar dezelfde vissenogen te geven als
die van de voormalige *first lady*.

Op een dag toen Jackie en haar vazallen me aanspraken op mijn afwezige gordijnen, waarbij ze benadrukten dat deze transparantie niet erg *comme il faut* was, beging ik de domheid te bekennen dat ik geen naaimachine had en er ook absoluut geen wilde. Ik zou er niet eens mee om kunnen gaan. Maar hoe kon ik zeggen, zonder ze te kwetsen, dat die schreeuwerige stoffen en passementen, die gordijnkoorden en kwasten, al die kwikjes en strikjes van kant en satijn, hun huizen tot een verstikkend decor uit een ander tijdperk maakten? Zouden ze werkelijk geen ander beeld voor ogen gehad hebben dan hun eigen poppenhuis uit de tijd dat ze nog kleine meisjes waren? Want zij hadden poppenhuizen met echte poppen gehad. Niet van die opgelapte knuffels zoals Princess.

Er is niet veel voor nodig om je de minachting van anderen op de hals te halen in dit land waar iedereen van zijn naaste houdt, zoals de Grondwet voorschrijft.

In twee uur tijd had hij de vragen beantwoord en toen kwam hij naar huis, alleen, verslagen. Ik vond hem in het donker, op zijn bed, en toen ik het licht aandeed zag ik dat zijn gezicht grijs was en ik hoorde zijn stem die zei: 'Mama, ik heb het helemaal verpest.'

Maar nee dus. Met 19,5 op een gemiddelde van 20 punten kreeg mijn zoon de eerste prijs, felicitaties van de jury en een aanmoediging van de gouverneur van Louisiana. In de kranten stonden zijn foto en zijn cijfers, waarvan het laagste 18 was voor biologie.

Kom toch terug, mijn enige, unieke kind. Kom bij me terug, hier, tegen mijn inmiddels knokige borst.

Kom terug, met je azuurblauwe, spottende manier van doen. Kom terug, zodat met een nieuwe dag ook dat onbeschrijflijke wonder van het licht in je groene ogen zich voltrekt. Waarop ik zo trots was, en waardoor, hoe zal ik het zeggen, ik me kleiner voelde tegenover jou.

\*

Ze sloegen je in elkaar. Ze wisten geen raad met je, je hoorde niet bij hen. Je was tegen hen, dachten ze. Dus timmerden ze erop los, iedere dag, ze sloegen je en ze scholden je uit. Je lichtere huid, je groene ogen.

En toen, op een dag, zei je vriend Jimmy – o, als ik die toch eens in mijn handen kreeg, dan zou ik hem twee kogels door het hoofd jagen –, die vetzak van een Jimmy sprak die woorden, die dodelijke, onherroepelijke woorden waarmee je op onze scholen voorgoed veroordeeld bent, Jimmy zei: 'Caryl is een mie...'.

De directeur van de school wilde me spreken (het was niet Olyphant natuurlijk, Olyphant was toen amper geboren, het was die schoft die Kokosnoot genoemd werd: bruin van huid, witter dan wit van binnen). Ik verwachtte excuses, ik was tenslotte zelf onderwijzeres – aan een mindere school, dat wel, evengoed kwam ik uit dezelfde wereld – maar in plaats daarvan begon die klootzak op Caryl af te geven. 'Asociaal, in zichzelf gekeerd, zwijgend, altijd tegendraads. En ook is hij lichamelijk niet sterk, hij valt buiten de groep. Ze willen hem er niet bij hebben, met sport, of met spelletjes.' Kokosnoot sloeg zijn ogen neer, zijn blik rustte op mijn schoenen, lang en aandachtig, alsof ik bokkenhoeven had in plaats van schoenen, en toen, met een kwaadaardig lachje, zei hij: 'Wat een raar idee trouwens, om je enige zoon de naam te geven van een ter dood veroordeelde. Ik hoop maar dat u daarmee niet het ongeluk over uzelf afroept.' Hij wist het, de hele wereld wist het, dat Caryl ziek was. Maar ik had niet door waar hij op doelde: de valserik maakte geen toespeling op de ziekte waarvan iedereen wist, maar op die andere ziekte, waarvan je de naam niet mag noemen, want door die hardop te zeggen zou je je eigen mond bevuilen.

Ik had het moeten snappen. Iedere andere moeder zou het onderhand toch wel begrepen hebben. Maar ik wilde geloven dat het niets ernstigs was, dat het gewoon een kwestie was van kleurverschil. In die jaren gingen de jongeren er prat op neger te zijn, op het onverdraagzame af; het haar kon hun niet zwart en kroezend genoeg zijn, het zuidelijk accent niet nadrukkelijk genoeg. En ik zag Princess weer voor me, mijn onthoofde pop, en ondanks mezelf liet ik me meeslepen door de oude verhalen over de vervloeking van mensen met lichte ogen. Die sterven jong, had Grandma Louise gezegd, een gewelddadige dood. Zoals haar eigen moeder, en haar broer.

Ze rosten hem af, en ik dacht alleen maar aan de kleur. Ik hield natuurlijk alles voor Aaron verborgen, overtuigd als ik was dat hij plaatsvervangend zou lijden onder hetzelfde stigma waardoor hij in de ogen van de wereld niet voor honderd procent je vader kon zijn. Op een avond uitte Aaron zijn zorgen: 'Het lijkt me nu wel genoeg geweest, mama Zola, dat voetbalgedoe. Als het alleen maar is om dat jong iedere avond bont en blauw geslagen thuis te zien komen, nou, nee. Je kunt best een man worden zonder aan dat soort onzin mee te doen. Is er niet een andere sport die je leuk zou vinden, mijn jongen?' Maar je sloeg je arme gezwollen ogen neer en zei koppig: 'Nee hoor, ik wil voetballen.'

· · · · · · · · · · · · · · · · · · · · · · · · · · · · · · ·

Toch heb ik liever de theorie van de kleur. Ik kies eerder voor de hypothese van de groene ogen dan dat ik de woorden van die vreselijke Jimmy weer moet horen: 'Caryl is een mietje.'

Gelukkig kon ik weerstand bieden, in dit land waar de wapens voor het grijpen liggen.

Anders had ik ze allemaal vermoord, ik zou de eerste de beste wapenhandel in Humanity Street binnen zijn gestapt, en ik zou een colt of een luger gekocht hebben, net als al die andere idioten, en ik zou ze allemaal een kopje kleiner gemaakt hebben, uitgeschakeld: die stomme Jimmy, en die lafaard van een directeur, en de gymleraar, díe het eerst, omdat hij niks anders deed dan mijn zoon kleineren. Die zou ik als eerste neergeschoten hebben, trefzeker.

Want ik heb een scherpe blik. Uitzonderlijk goede ogen voor mijn leeftijd, zegt de dokter.

Wat kon ik eraan doen? Heer, wat had ik moeten doen? Wat heb ik gemist? Wat heb ik verkeerd gedaan?

De helikopters van de kustwacht hebben een verkenningsvlucht uitgevoerd. Hier en daar gooiden ze reddingsboeien en -vesten omlaag naar mensen die in de straten tot aan hun schouders in het water stonden en hun armen omhoog hieven. Ze hebben zelfs Samuel opgevist, de oude dikke zanger. Samuel had ook een hond, een wit-met-zwarte straathond, slim als de duvel, die altijd samen met hem door de straten liep, met in zijn bek de oude hoed waarin toeristen munten gooiden, of zelfs dollarbiljetten als ze wat vrijgeviger waren. Ze waren net zo geroerd door de kwispelende hond als door de mooie stem van zijn baas. Omdat Sam te omvangrijk was voor de gondel wierpen ze hem een oranje reddingsharnas toe en hup! Daar werd hij aan zijn beide armen opgehesen, Sam vloog de blauwe hemel in zonder een lied voor de Heer. Wat zou er met zijn hond gebeurd zijn?

Ik pakte de bourbon uit het nachtkastje om op Sams gezondheid te drinken; de fles moest leeg.

Terwijl hij zich in de stroom staande probeerde te houden herkende ik het nauwelijks ouder geworden gezicht van de kleine Jovan Du Bois, die ik vroeger in de klas had gehad. Ondanks de kreten, ondanks de wanhoop was zijn aparte gezicht met de fijne, gebogen neus (het schijnt dat je in Oost-Afrika meer van zulke profielen ziet) moeiteloos terug te vinden in de trekken van deze vader die schreeuwde en rondzwom en onder water dook om het lichaam te vinden van zijn dochtertje, dat was meegesleurd door de modderstroom. Ze kwamen boven water, allebei, het kind levenloos in de armen van de vader, en toen gebeurde er iets waanzinnigs, iets onmogelijks... een drogbeeld, of, hoe heet dat ook alweer? een anamorfose? Opeens was al het water om hen heen verdwenen, de woeste stroom week naar twee kanten uit en gedurende een paar seconden zag ik de harde aarde van de straten van mijn kindertijd, de droogte van de zomers uit mijn jeugd. En plotseling, onder de brandende zon, in dat hete landschap, begonnen over dat gezicht twee stroompjes water te lopen, het enige water dat te zien was, zeldzaam en uniek, het stroomde over de wangen van Jovan, die nooit meer genoeg tranen zal hebben om zijn verdriet te stillen.

Sloegen ze me maar dood. Genade! Sla me dood! Zodat ik niet meer hoef te zien wat ik zie. Om niet meer te horen hoe Jovan brulde toen het meisje niet meer wakker werd. Om van al die beelden af te zijn, om niets meer te voelen. Ik wou dat ze me een klap op mijn hoofd gaven en dat de wereld eindelijk stopte, de wereld zonder hem, die onbestaanbare wereld zonder hem.

Wat is er met mijn zoon gebeurd? Hoe vergaat het hem daar, zes voet onder water?

. . . . . . . . . . . . . . . . . . . . . . . . .

Wat is er van de wit-met-zwarte straathond geworden? Waar is de hond van Sam gebleven? Hij wordt gek, Sam, zonder zijn maatje dat het geld ophaalt. Want ze vormen een duo, een liefdesduo, en het is nog maar de vraag of de mooie fluwelige stem van de zanger (een verrassende stem, licht en gracieus, bijna beverig, gevat in een buitenissig lijf, zoiets als een nachtegaal in de buik van een olifant), nog maar helemaal de vraag of het in het hele schouwspel wel zijn stem was die de toeristen het mooist vonden.

. . . . . . . . . . . . . . . . . . . . . . . . .

Het kerkhof!... Heer! Het kerkhof onder aan de dijken is als eerste ondergelopen en ik zit hier maar dom te zitten, te kijken naar de lijken die voorbijdrijven, ik zit hier, met stomheid geslagen, en wie weet is mijn zoon, opgegraven door de modderstroom, wel een van hen, is dat op drift geraakte lijk daar tussen de snoepautomaat en een houten pallet het lichaam van mijn zoon, wie weet is hij het wel, komt hij terug, Caryl!

Caryl, die onverwacht voor de deur staat... ik hield zo van die verrassingsbezoekjes van hem, met zijn armen vol bloemen en een voldane grijns op zijn gezicht omdat zijn overval geslaagd was, en zijn groene ogen die woorden van de mooiste liefde spraken zonder ze hardop te zeggen.

Ik ga het zoeken, het lichaam van mijn verloren zoon! Ik ga met grote slagen zwemmen en het opvissen en verwarmen aan mijn borst. Ik zal het neervlijen onder de mooie deken van lamawol die ik van hem heb gekregen, een hele zachte, wollige deken, toen hij terugkwam van een reis naar Vuurland, ver weg, helemaal in het zuiden. Ik zal mijn zoon toedekken met zijn eigen cadeau, ik zal bij hem waken, en ik zal hem voorlezen, Melville, Victor Hugo, Dickens, en Walt Whitman en Cervantes, net als toen hij nog klein was.

· · · · · · · · · · · · · · · · · · · · · · · · · · ·

Had ik het maar geleerd. Aaron had het me vaak genoeg voor de voeten geworpen als we naar de lagune waren. 'Doe toch niet zo dom, Zola Jackson. Je bent dapperder dan een heel bataljon mariniers, dus waarom zou je bang zijn voor water? Kom op, ga erin, en wanneer je diep genoeg bent dan doe je net alsof je armen een zon moeten tekenen en je benen kikkerpoten zijn. De armen maken de weg vrij, en de benen duwen je vooruit.' Mijn lieve Aaron was vast een goede schoolmeester geweest, een veel betere onderwijzer dan ik. Had ik nu maar die moeite genomen. Maar de angst voor het water was sterker.

*

'Vervloekte rivier!' krijst de Haïtiaanse vrouw van de Koreaan. 'Met je monsterlijke geesten!'

'Rivier van de duivel!' begint Hannelore weer vanaf het dakterras van de wasserette, haar vuisten naar de hemel geheven, haar nachthemd is doorweekt, ze heeft geen idee van haar naaktheid.

'Het is niet de rivier die overstroomt,' antwoordt een stem die versterkt wordt door een megafoon, 'de rivier is niet buiten zijn bedding getreden. Het is het zoutmeer dat leegloopt over jullie hoofden heen. Twee dijken in Chalmette hebben het begeven. Een andere dreigt door te breken bij het kanaal van London Avenue. Houd moed, we doen ons best om u snel op te halen.'

'Jullie moeten nu komen. Nu meteen!' smeekt de vrouw van de Koreaan. 'We hebben geen plaats,' zegt de luidsprekerstem, 'we moeten eerst de lijst met zieken en gehandicapten afwerken. Zorg goed voor uzelf tot morgen, en God behoede u.'

De stem komt van een motorboot. Ze hebben schijnwerpers aan boord waarmee ze het zwarte wateroppervlak afzoeken, en de witte gevels die in spaanders uiteenvallen, in zaagsel binnenkort. Het zijn de mannen van de kustwacht, eindelijk. Ze dragen grijs met oranje jacks met fluorescerende strepen.

Een bozige, stotterende stem (ik meen Leon te herkennen, de dealer van het kruispunt), een stem die eist dat het leger te hulp schiet. Maar het leger komt heus niet. Het leger is elders bezig, ver van ons vandaan, in de woestijnen van het oosten. Hoe ironisch.

83

En wat een ironie ook om te horen hoe dit tweede-
rangs boefje trillend van angst terugvalt in het gestotter
van zijn jeugd, alleen omdat een enorme windvlaag en
uitzonderlijk hoog water zijn kasteel van poeder hebben
doen instorten.

'Vervloekte stad in het water!' schreeuwt de vrouw van
de Koreaan uit haar raam. 'Vervloekte stad onder de zee!'
Als er nog een dijk zou doorbreken dan had ik geen
slaapkamer meer, geen wc, geen raam om uit te roepen.
Er zou me niets resten dan creperen, met de hond in een
verstikkende omarming. Sommigen bidden, als het zover is. Dat kan ik niet. Niet meer. Ik zou gaan braken als
ik weer moest bidden. En trouwens... welke gunst, wat
voor uitstel moet ik aan de hemel vragen? De hemel, die
valt ons nu juist boven op de kop.

Onverschillige God, waar ben je? Denk je nog wel eens
aan je kinderen? Weet je nog dat je ze aan de wereld hebt
uitgeleverd? Je hebt ze verlaten, en van verlatenheid hebben we al genoeg op deze arme aarde, meer dan genoeg,
en daarom hoef ik je niet meer, voor mij besta je niet
meer, ik spuug op je, mijn Heer en meester, waardeloze
God.

Binnen de omlijsting van het raam ontbreekt iets: een
onderdeel, een puzzelstuk. Maar nu snap ik het. De eik
is verdwenen, de eik waarin het kleine levenloze lichaam hing.

# Hondsdagen

De boten hadden niet veel haast om bij ons terug te komen, en het waren er maar weinig. Zoals steeds begon de temperatuur te stijgen zodra het ochtend werd en nam de hitte in de loop van de dag toe, en ik had het gevoel dat met de uitdijende waterstroom alles nog onzekerder en onduidelijker werd. Drie opblaasbare kano's tekenden zich af tegen de zinderende horizon, ze waren nauwelijks groter dan de zwembandjes van kinderen.

De redders zeiden: 'U hoeft niet meer bang te zijn, dames en heren, het schijnt dat de president in zijn vliegtuig onderweg is, hij vliegt hierheen en komt de stad redden, met Gods hulp en zegen.'

En de stem van Leon weerklonk vanaf het dak van het kraakpand aan Elysian Fields: 'Die hoeven we niet, die klootzak! Die deserteur! We willen het l... l... leger! De nationale garde! We w... w... We willen de mariniers!'

De hoofdredder zei door zijn megafoon: 'Alles is onder controle, meneer. Onze goede president heeft alles geregeld. We gaan kazernes inrichten en de reservisten oproepen. Morgen... nou ja... misschien overmorgen staat de stad onder militaire bewaking. Vijfhonderd mannen zijn onderweg, uit alle hoeken van het land.'

En je zal zien dat er één bij zit, onder al die helmen en baretten, met het gezicht van mijn zoon, met in zijn trekken iets van hem, het voorhoofd of de mond.

Niet de ogen. Die groene ogen zijn alleen van hem.

Onze kinderen? Er worden zoveel kinderen gemaakt. Zoveel nieuwe, frisse gezichten om weg te rotten in gelakte kisten.

En nog zoveel anderen, van mijn eigen troepen, al die engelachtige smoeltjes (drop-outs van school, ja, en brutale vechtersbaasjes, maar in de ogen van hun moeders hadden ze als ze sliepen vast een engelachtige zachtheid), engelen van hier beneden zou je kunnen zeggen, die al diep gevallen zijn en hun leven stuk zien lopen binnen de muren van een strafinrichting, een amper begonnen leven dat al meteen bedorven is – zonder te spreken van degenen die doodgegaan zijn, geknakt als een knop in het voorjaar.

Er was een moeder, ze heette Annie Mae geloof ik, een arme vrouw die serveerster was bij Kentucky Fried Chicken, die alleen leefde door en voor haar vier zonen. De vier jongens stierven de een na de ander, doodgeschoten midden op straat, elk jaar één, van de oudste tot de jongste op de rij af neergeknald. Geen van de vier is ouder geworden dan achttien jaar. Annie Mae zit tegenwoordig in een inrichting, met allemaal oudjes hoewel ze zelf nog jong is, met oudjes die niet meer helemaal goed bij hun hoofd zijn.

Ja, de wijk is wel veranderd in vijfendertig jaar. De modelschool was een ongezonde vergaarbak geworden waar niets het meer deed, de ventilatie niet en het licht niet, waar de wc's onbruikbaar waren, één grote smeertroep door gebrek aan schoonmakers, en de gebroken tegels werden nooit vervangen.

'Maar mevrouw Jackson, u kunt hier toch niet in die on-gezonde nattigheid blijven rondwaden. God weet wat voor ziektes je kunt krijgen, welke ziektekiemen of vi-russen door dat water worden verspreid, zeker met deze hitte die steeds erger wordt. Het water wemelt ervan. U zult zich nog de dood op de hals halen.'

'Dat kan wel zijn, meneer, toch blijf ik erbij: ik ga niet aan boord zonder mijn hond.'

'Maar er zijn dringende gezondheidsredenen, me-vrouw. Prioriteiten. Sommige dingen zijn belangrijker dan andere. Die hond van u komen we later wel ophalen, samen met de andere dieren uit de wijk.'

Ja ja, en dat moest ik geloven. Ik ben heus niet op mijn achterhoofd gevallen.

'De boten zitten vol, mevrouw, en honden zijn lastig in bedwang te houden, ze kunnen ons laten omslaan.'

'Ik houd mijn hond vast, ze is niet gevaarlijk.'

De kerel in het oranje jack wenkt met zijn hand.

'Kom aan boord, ik smeek het u; ik ga haar later zelf wel ophalen.'

'Dan is ze allang weg. Ze gaat mij natuurlijk zoeken, en dan verdrinkt ze, of ze krijgt een paal op haar kop of ze wordt opgevreten door een alligator. Wat u voorstelt is hetzelfde als haar ter dood veroordelen.'

'Rustig, mevrouw. We kunnen niets doen als u niet rustig bent.'

'Ik bén rustig, en in alle rust zeg ik u: wij blijven hier.'

'U kunt me vertrouwen, mevrouw Jackson, ik wil u alleen maar helpen. Ik ben Lamarr, Lamarr Baldwin, ik ben nog een leerling van u geweest op de lagere school... drie jaar bij u in de klas. Weet u nog?'

'Nee, ik kan het me niet meer herinneren. Maar je leeft dus nog. Je hebt geluk gehad.'

'Wees nou verstandig, mevrouw. Ik vind het een vreselijk idee u hier alleen achter te moeten laten, zo gevaarlijk als het is. U houdt het niet lang uit in de hitte die wordt voorspeld.'

'Wil je iets voor me doen, Lamarr? Breng me dan een jerrycan water en een aansteker.' Eigenlijk wilde ik er nog bij zeggen *En als je dan toch komt, koop dan meteen sigaretten voor me en een sixpack Miller*, maar deze ongepaste wensen slikte ik maar snel in.

Met de warmte kwamen er meer ratten en ook slangen, agressieve zwarte rattenvangers uit Texas, en korenslangen, die je wel vaker ziet. Ik wist niet dat ze konden zwemmen totdat ik er een onder mijn raam langs zag kronkelen, op zijn gemak als een vis in het water. Je ziet ze vaak op de weg liggen zonnen, op het asfalt; sommige autobestuurders rijden er expres overheen, anderen proberen ze juist te vermijden. Het hangt ervan af hoe je tegenover het leven staat, denk ik. En hoe fanatiek je bent. Ik heb geen bijzondere angst voor slangen (hoewel ik nu een ladekast tot boven aan het trapgat geschoven heb voor het geval ze onder water duiken en via de traptreden naar boven komen) maar ik ben wel bang voor alligators, die zouden Lady in één hap verslinden. Het zal niet lang duren voor de alligators de delta verlaten om bij ons naar voedsel te komen zoeken, ze zullen stilletjes in het zwarte water drijven, onzichtbaar en on-ontkoombaar. Daarbij komt dat ze democratisch zijn in de keuze van hun prooi: elk vlees is goed, kat, hond, rat, mens, alles is eetbaar dankzij de mechanische reflex waarmee ze hun kaken opensperren en dan met een snelle tik dichtklappen.

Door de lucht kwamen ze met tientallen aangezet en ze draaiden rondjes, van 's middags tot middernacht, heli-kopters, die niet kwamen om ons te redden maar eigen-lijk om van onze ondergang getuige te zijn. Het leek erop dat alle mogelijke televisiezenders, ook al kwamen ze van het andere eind van het land, georganiseerd en bemiddeld genoeg waren om naar ons toe te komen vlie-gen, een heldenfeit waartoe de regering van de machtig-ste natie ter wereld niet in staat was gebleken. We wisten best dat ze niet van ons hielden, onze leiders. Maar dat het zo erg was, nee: onze geest was niet zwart genoeg om een dergelijke mate van onverschilligheid voor mo-gelijk te houden.

Voor hen waren we nog steeds de wijk van de onaan-gepasten, die geen Engels wilden leren, die niets op had-den met puritanisme, die verbroederden met de india-nen en net als zij de geesten van de rivier de Missisippi aanbaden en nog een heleboel andere godheden die evenals wij vanuit de hele wereld kwamen en ook net zo kleurrijk waren. En alles liep bij ons door elkaar: ons bloed, onze huidskleur, onze talen en onze rare uit-heemse goden, het was allemaal zo'n mengelmoes ge-worden dat we vast wel terecht onaangepast werden genoemd. Maar nu moesten we daarvoor boeten. Want als je jezelf wilt zijn moet je daar altijd een hoge prijs voor betalen, zei mijn zoon.

. . . . . . . . . . . . . . . . . . . . . . . . . . . . . .

Ze waren mooi, de jongens, hoe moeilijk het me ook valt dat te zeggen en hoe razend ik soms ook was. Ze waren mooi, maar niet als een modeplaatje, nee, ze waren heel ernstig met hun ronde metalen brilletjes en ze zagen er saai uit in hun wijde flanellen overhemden; als ze elkaar in het voorbijgaan aanraakten, op de trap of in de keuken, dan kon de liefde die hen verbond niemand ontgaan, zelfs niet de blinde moeder die ik was, die liefde spatte zelfs van de foto's af, ze verblindde iedereen en iedereen moest het wel zien, ja, ik geloof dat het echt de grootste liefde was die ik heb mogen meemaken en ik spuugde erop, op die liefde die ik veroordeelde in naam van wat ik het meest minacht, de voortplanting, ik heb mijn zoon laten lijden voor een principe waarin ik niet geloofde en ik weet niet wanneer er ooit een einde zal komen aan mijn kwellingen.

*

Je had zo'n idiote film waar we altijd om moesten gieren van het lachen, mijn nichtje Nina en ik (ik zeg nichtje, maar ze is familie van Aaron, en dan nog niet eens echt een nicht maar een dochter van verre familie), die *feel good movie* getiteld *Guess who's coming to dinner*, zo'n suf verhaal over een blanke, rijke Julia en een zwarte, bescheiden Romeo – eerder een Bounty zei Nina, of een kokosnoot: zwart van buiten maar vanbinnen witter dan wit.

Als die film op de televisie kwam belde Nina me altijd op en zei: 'Raad eens wie er vanavond bij je op de bank komt zitten?' Ze nam dan ijsthee mee (in een thermosfles, die we nooit aanraakten) en Miller (een heel pak, soms twee), en ook de restanten die ze bij Bruno's meekreeg als haar werk aan de kassa erop zat: Italiaanse worst, zoete kreeft, of gepeperde garnalen. Ze ziet er leuk uit, Nina, een beetje apart, dat wel, met haar nepblonde haar en haar valse nagels met sterretjes en haar te korte truitjes, maar ik mag haar graag en soms als ik het spijtig vind dat ik geen dochter heb, hoef ik maar naar haar te kijken en dan ben ik ermee verzoend, dan lost mijn verdriet een beetje op in het bier en in onze lachbuien.

Ik heb nooit een ander kind willen hebben. Ik wilde dat mijn zoon alle mogelijke kansen kreeg, ik wilde me met alle macht op hem concentreren – net als andere moeders wier zonen het moesten maken in de wereld. Het waren de jaren zestig, de jaren van het enig kind. Aaron was zo trots op zijn zoon dat hij aan hem genoeg had, meer had hij niet nodig om tevreden en blij te zijn. En ik heb de weddenschap gewonnen. Het is ons gelukt, Aaron en mij: onze zoon maakte deel uit van de grote wereld, niet die idiote, ijdele wereld uit de tijdschriften, nee, van de enige wereld die ertoe doet, die van het denken, de vooruitgang, van het scheppend vermogen.

. . . . . . . . . . . . . . . . . . . . . . . . . . . . . .

93

De wereld. En dat onzegbare woord: morgen.

De wereld van morgen.

Ik moet terug naar Humanity Street, dan koop ik daar alles wat maar kan exploderen en dan help ik iedereen om zeep, ik laat ze creperen met de bek open – het menselijk ras dat tot op het bot verrot is.

. . . . . . . . . . . . . . . . . . . . . . . . . . . .

Ik nam het niet serieus maar natuurlijk had ik op mijn hoede moeten zijn: de avond dat Caryl met zijn vriend uit Georgia kwam eten, begreep ik meteen dat voor mij de schaamte net zo groot zou zijn als voor de blanke ouders uit de film. Dat het voor mij juist nog erger zou zijn. Demonstratief had mijn zoon zijn hand op de nek van die roodharige, bloedeloze bonenstaak gelegd, die net was toegelaten tot de advocatuur van Atlanta. Ze hadden elkaar ontmoet tijdens een facultatief college over de geschiedenis van het recht van minderheden, dat ze allebei volgden.

Ik had het kunnen weten. Ik had het moeten vermoeden – nee, ik heb het nu niet meer over die onschuldige blanke film met die mooie zwarte Hollywood-jongen – ik had kunnen bedenken dat Caryls verering voor die onbekende Bayard Rustin op iets anders berustte dan literatuur of geschiedenis, hoewel dat onderwerpen zijn waarvoor hij altijd warm loopt. Maar ik heb mijn opgroeiende zoon nooit ergens naar gevraagd, ik wilde alleen maar zijn politieke gedrevenheid zien en niets anders, omdat ik trots was op dat vuur in hem; en omdat ik niet de juiste vragen heb gesteld ben ik gestraft en vernederd, heb ik vooral het juiste moment gemist, de bocht waarin ik het lot misschien nog van koers had kunnen doen veranderen.

Ik heb me in het soort vuur vergist.

Nina zei altijd dat je nooit ergens spijt van moest hebben, dat er tegen de grote menselijke passies zoals begeerte, haat en jaloezie toch niets te beginnen viel: 'Tante! Je kunt de strepen van een zebra niet veranderen. Je kunt zijn vacht wel verbergen onder een gouden deken maar de strepen zijn er dan nog steeds, zwart en wit, die blijven, wit en zwart.'

Ik had hoofdpijn, mijn voorhoofd bonkte. 'Wat zeg je nou weer allemaal, Nina? Waar heb je het over?'

'Ik zeg... ik zeg dat een aap een aap blijft. Meer niet, tante Zola.'

Je moet eraan wennen, bij Nina: haar vergelijkingen met dieren, haar geraffineerde voorstellingen en haar kreten van afschuw bij het zien van een sappige rode biefstuk op een bord: *Meat is murder!*, waarna ze er vervolgens op aanvalt. Kwestie van gewoonte, zegt ze.

Ik heb honger. Enorme honger. De laatste Millers uit het nachtkastje doen mijn hoofd tollen, maar mijn honger hebben ze niet gestild.

· · · · · · · · · · · · · · · · · · · · · · · · · ·

De stroom is tot stilstand gekomen, misschien ook lamgeslagen door de hitte. In het stilstaande water, waarop iriserende vlekken van olie en benzine drijven, in die grijze, vettige vlakte kronkelt een groene schaduw. Algen? Eerder een slang. Maar nee, als je beter kijkt zie je dat het gewoon een zakje is, een groen zakje waarop de naam van een winkel gedrukt staat:

## The Herb
### Natural Organic Store

Iemand wilde zeker een beter leven leiden, dichter bij de natuur. En die iemand kreeg van de natuur een meedogenloos antwoord.

Sinds mijn woordenwisseling met de reddingswerkers – kennelijk heeft ze mijn plotselinge angst gevoeld – doet Lady niets dan trillen, haar hele lijf schokt ervan, en ze verliest me geen moment meer uit het oog: ze vecht tegen de slaap, knikkebolt, haar oogleden vallen dicht, haar kop zakt omlaag op de beddensprei, maar vlak voordat ze wegzinkt doet ze op het laatste moment een rozeomrand oog open en richt ze haar oren op – eerst het linker en dan het rechter, altijd in die volgorde –, ze kijkt weer wakker uit haar amandelvormige ogen, gaapt met haar bek wijdopen en beweegt even haar staart heen en weer, zonder haar plaats op het bed te verlaten. 'Heb je het gehoord, Lady? Ze zeggen dat de president ons komt redden, door de lucht. Alsof hij de goede God zelf is. Hebben jullie in de hondenwereld ook zulke redders? Wie zou bij jullie die rol mogen vervullen? Bobbie, of Snoopy, of Lassie? Bush Junior komt eraan! Hosanna, in den hoge!'

Omdat ik in lachen uitbarst komt de hond overeind,

haar achterpoten eerst, en slaat harder met haar staart. Ten slotte begint ze te blaffen, heel lang, in allerlei toonaarden, om haar vreugde te uiten, want het is fijn om samen geluid te produceren en haar bazin heeft een aanstekelijke lach.

Ik had moeite hem te herkennen, de reddingswerker Baldwin, moeite te geloven dat hij het was, mijn vroegere leerling, en dat kwam door zijn grijze haar. Ik kan niet aan het idee wennen. Een leerling van mij... Gisteren nog was Lamarr een kind. En nu zou hij deze grijzende, door de jaren getekende man zijn, met die gelaatstrekken die verrieden dat ook hij zijn portie ongeluk te verduren had gekregen? En wie ben ik, in dat alles? Het komt ook door dat beroep van me, dat maakt dat je je hele leven de school niet verlaat en misschien ook nooit volwassen wordt. Aaron sprak me altijd toe alsof ik een soort tiener was die beschermd moest worden tegen de harde onverbiddelijkheid van de realiteit.

Als ik het over kon doen zou ik de school verlaten.

*Als ik het over kon doen dan zou ik mijn pasgeboren zoon oppakken en de eerste de beste bus naar New York nemen.*

*Ach   vergeef me Aaron   excuses   je was zo goed voor me ja, ik had graag New York geprobeerd maar jij niet   ik had respect voor je   respect en ik heb mijn best gedaan een echtgenote te zijn   maar iets zegt me   een stem die me achtervolgt als een onverdraaglijke straf   iets zegt me dat Caryl in New York niet was doodgegaan dat hij in het noorden nooit gestorven zou zijn dat hij het geluk gekend zou hebben  al die din-*

97

*gen dat alles niet voor ons vergeef me Aaron Het is nu veel te laat en uit niets blijkt dat je me kan horen Ik kan zeggen wat ik wil zo grof zijn als ik maar wil het keert zich toch alleen maar tegen mijzelf alleen ikzelf word erdoor bezoedeld*

. . . . . . . . . . . . . . . . . . . . . . . . . . . . .

Opeens verschenen er op ons kruispunt verscheidene waterscooters, ze krioelden door elkaar met veel lawaai en opspattend schuim, alsof ze zich voorbereidden op wedstrijden of spelletjes, ze draaiden rondjes en maakten acrobatische toeren. Flitslicht snerpte volkomen overbodig onder de witte hemel. Vanaf de voertuigen riepen ze elkaar toe, de paparazzi en de cameramensen.

In Carnot Street verscheen een figuur te voet. Het was een bekende acteur. Om vooruit te komen maaide hij met zijn armen door het water, dat hem tot de borst kwam. Omdat hij een klein mannetje is, trok ik de conclusie dat het water aan het zakken was.

Een blanke, een pezig kereltje, heel mager en opgewonden, een rebel volgens de kranten, maar niet kwaad, voegen ze eraan toe, en dat zeggen ze natuurlijk om de beschuldigingen van echtelijk geweld te doen vergeten, lang geleden, vrouwen waren stapel op hem en zijn toenmalige echtgenote was zelf een seksgodin van de bovenste plank, hoe heette hij ook alweer? Ik kan even niet op zijn naam komen, hij ligt op het puntje van mijn tong (een nare, akelige naam...) maar ik herkende onmiddellijk zijn scherp gesneden kop.

Ze zeggen dat hij een geweldig acteur is, een van de groten van zijn generatie, en dat zal best, al heb ik nooit een film van hem kunnen zien, niet op de tv en ook niet in een van de bioscopen in de stad.

Vorig jaar heeft hij een Oscar gekregen, geloof ik, maar voor een dergelijke prijswinnaar is hij niet bepaald mooi of elegant. De wereld verandert. James Dean, Sidney Poitier, Montgomery Clift, Robert Mitchum, allemaal acteurs die je wat deden, niet alleen vanwege hun knappe uiterlijk maar ook en vooral omdat ze de toverkunst verstonden in hun blik een schaduw te leggen, of de weerschijn van troebel water.

De acteur was de stoep van het huis van de Grants overgestoken en kwam even later terug met een klein meisje in zijn armen. (Welke is het? *Vijf kleine kleutertjes* en Grant de politieman heeft zes dochters die snel na elkaar geboren zijn en je vraagt je af hoe het mogelijk is dat niet één klein mannelijk chromosoompje erin geslaagd is zich daartussen te wurmen, tot groot verdriet van de vader die beurtelings depressies heeft en zelfmoordpogingen doet.) De cameramensen op hun scooters kwamen dichterbij, de fotografen ook, langzaam en met gedempte motor, ze vormden een halve cirkel: ik had zitten wachten op alligators en verdomd, daar waren ze. Iedereen moet eten. Deze soort eet alleen rijk en beroemd vlees.

De ingesloten acteur werd rood, de aderen op zijn slapen en in zijn hals waren opgezwollen. 'Mag ik me soms niet als een man gedragen?' schreeuwde hij, met het verschrikte meisje nog in zijn armen. 'Kan ik nu niet eens gewoon een man zijn, zoals alle anderen? Een man die zijn naasten te hulp komt? Donder op!' Hij begon allerlei dreigementen te uiten maar hield midden in een zin op, alsof hij opeens uitgeput was.

Ondertussen waren zijn bemanningsleden komen

aanvaren in een witte boot met een gestroomlijnde voor-
steven en een enorme voorruit, een waanzinnig luxueus
geval, misplaatst en bovendien gevaarlijk in water waarvan je niet weet hoe diep het is.

Aan boord van het plezierjacht zijn drie silhouetten
van mannen te zien, de kapitein aan het roer, dan een
man in een groen hemd – een verpleger misschien, of
een arts – en een derde, die een kleine camera hanteert.

Vanuit de ramen van de Koreaan zijn vreugdekreten
te horen: *Sean! Sean!* eindelijk weet ik de naam van de acteur weer, de verliefde stemmen van de vrouw en de
dochters van de Koreaan laten hem weerklinken. Ja, die
man wordt echt door de vrouwen aanbeden.

Hij draagt het meisje over aan de man met het groene
hemd, die haar in een zilverkleurige deken wikkelt en op
een stretcher legt. De acteur hijst zich vervolgens zonder enige hulp aan boord, zijn armen zijn sterk genoeg.
Toch lijkt hij, nu hij kletsnat is, nog magerder en kleiner,
ziekelijk. Een uitgehongerde kat.

Zijn kracht zit hem in de spieren, zeg ik tegen mezelf.
Of in een buitengewone wilskracht.


De witte plezierboot zoekt langzaam zijn weg tussen
huishoudelijke rommel en wrakstukken die overal op
de loer liggen in het dropkleurige water. (Aaron zou ervan gemaakt hebben: 'water met de kleur van stront en
pis'.) Nu het water tot rust is gekomen kun je eigenlijk
niet meer spreken van een stad, of een wijk, een kruispunt: het is eerder een drijvende vuilnisbelt.

'De situatie wordt slechter, mevrouw, schijnt het...

Wat is uw voornaam, mevrouw?... Zola, ze zeggen dat er nieuwe breuken zijn ontstaan in de dijken van het kanaal van de 17ᵉ Straat, ze zeggen dat ze het niet lang meer zullen houden. U moet met me meekomen, Zola, voor uw eigen veiligheid.'

Zouden ze me nu een Hollywoodacteur op mijn dak gestuurd hebben om me te verleiden en over te halen? Dachten ze misschien dat ik ervan droomde dat hij me in zijn armen zou nemen? Dat een oude vrouw als ik geen weerstand zou kunnen bieden aan de lokroep van zijn armen?

'Uw hond? Dat weet ik niet. Ik zal het even vragen, Zola, ik vraag het meteen aan mijn bemanning.'

De hoofden van de kapitein en de man met het groene hemd schudden nee, nee, nee. De acteur liep heen en weer, haalde zijn schouders op en balde zijn vuisten tegen de hemel. Ik kon niets verstaan van de onderhandelingen: hun stemmen werden gesmoord door nieuw helikopterlawaai, de televisiezenders hadden er lucht van gekregen dat de acteur in zijn eentje een reddingsactie uitvoerde. Verslaggevers en piloten vergaten iedere voorzichtigheid, de toestellen dreigden met elkaar in botsing te komen, wieken raakten bijna verstrengeld. Het leek alsof miljoenen reuzenwespen boven onze hoofden zwermden. De onbarmhartige lichtstralen van de schijnwerpers veegden door de ruimte en onthulden tot op de millimeter nauwkeurig wat onze blik nog niet allemaal had kunnen opnemen: de enorme omvang van de chaos en vooral het onherstelbare karakter ervan. Dus ja, op dat moment raakte ik echt in paniek.

De acteur riep me toe vanaf de brug en stak in een overwinningsgebaar zijn duimen op. Een brede lach gaf hem een totaal ander gezicht en meteen zag ik dat daarin heel zijn aantrekkingskracht lag.

Kwam het doordat mijn handen trilden, door de herrie buiten, of doordat al de rampen zich op elkaar stapelden? Lady rukte zich los en jankte schel toen ik haar in de gang weer beetgreep – zelfs haar gloeiende kop trilde tussen mijn handen, heel hevig, en haar zwarte ogen smeekten uit alle macht om redding.

De acteur werd ongeduldig: 'Kom nu maar. Niet bang zijn. Uw hond zal u heus wel volgen. En als het moet, dan ga ik haar zelf halen.'

Hij reikt me zijn hand. De stank van het water maakt me misselijk – vuilnisbakken, kadavers. Hij is nog ver weg. Hoe kan ik zijn hand pakken? De boot kan niet dichterbij komen zonder tegen het afdak op te botsen. Ik zal me in het water moeten laten zakken. De camera's registreren dat hij me zijn hand reikt. Ze registreren dus ook mijn lafheid.

Ik zeg: 'Nee, mijn hond eerst, dan kom ik daarna wel.'

Ik pak de dodelijk verschrikte Lady bij haar nek beet, ze wil zich losrukken, probeert aan mijn greep te ontkomen, kermt smekend, 'Kom op nou', bid ik op mijn beurt, 'dit moet even, ik laat je echt niet in de steek, ik wil je redden'. Ik duw haar voor me uit en met grote inspanning probeer ik haar in het raam te tillen. Het is moeilijk en riskant want Lady is doodsbang, Lady die in de rustige delta altijd zo graag zwom, vergaat nu van angst bij de aanblik van het zompige stinkwater dat haar tuin van weleer heeft overdekt, dat alle vertrouwde geuren en sporen heeft uitgewist, hier de plaats waar de muskusratten langs lopen, daar de kolibrienesten, daar het plekje waar de voorraad botten bewaard wordt... Ten slotte rukt ze zich met zoveel kracht los uit haar halsband dat ze gilt van de pijn, en ze vlucht naar de andere kant van de kamer waar ze trillend blijft staan.

De acteur wordt kwaad: 'Dat gaat dus niet lukken. Niet zo. Zola? Kijk me aan. U moet een beslissing nemen. Het gaat nu allereerst om uw eigen veiligheid.'

*Vliegen hebben het recht om te leven, onze afschuwelijke muggen zijn het waard om te leven, u haat ze, meneer Sean, u denkt meteen aan een epidemie, ze hebben u gezegd dat u moet oppassen voor vliegen en voor alle stekende insecten.*

*De koeien zinken meteen, de vaarzen worstelen eerst nog, loeiend. De kalfjes blijven drijven, lijkwit, hun koppen kwijnend op het kussen van het water, en de paarden zakken de diepte in terwijl ze krankzinnige grote ogen opzetten, de merries en de veulens trekken hun lip op als in een enorme, groteske grijns, maar u hebt geen boodschap aan kalfjes en veulentjes, meneer Sean, uw hart heeft daar geen gevoel voor, of misschien is uw hart hard geworden, versteend door ijdelheid omdat u denkt dat u als mens ver boven de rest verheven bent, dat u op de allerhoogste top van de piramide van het dierenrijk staat, en wilt u geen moeite verspillen aan lagere rangen, er zelfs geen blik op werpen.*

Hij keert me de rug toe. Hij drukt zijn handen tegen zijn hoofd om het lawaai van de motoren niet meer te horen, en het gekrijs.

De dochter van Grant is gaan gillen dat ze geen hond aan boord wil, het arme kind heeft haar verstand verloren, ze zegt dat ze liever in het water springt dan door een beest verscheurd te worden, en niemand kan haar tot rede brengen, ze loopt paars aan, haar lichaam schokt en het schuim staat haar op de lippen. 'Ze krijgt een stuipaanval...' zegt de man met het groene hemd onthutst. 'Stuipen.'

De acteur gaat praten met de groene man aan boord, ik zie hoe hij opgewonden met zijn handen gesticuleert en dan zijn armen gespreid omhoog heft, zijn argumenten zijn uitgeput. Hij draait zich naar mij om en schudt zijn hoofd. 'Het spijt me, ze willen de hond toch niet. Niet in deze situatie.' Omdat de helikopters zo'n lawaai maken heeft hij de megafoon weer gepakt: 'Zola, ik zweer u dat als u aan boord komt, ik zelf terug zal gaan om Baby te halen. Ik zweer het op mijn eigen hoofd.'

Ik: 'Mijn hond is geen baby, ze heet Lady, en ik laat haar niet alleen achter in een huis dat gaat zinken. Wat zou u trouwens met ons willen beginnen? De opvangcentra laten geen dieren toe. Wat zou er dan met haar gebeuren? Dan moet u haar naar het asiel brengen en daar krijgt ze een spuit. Dat is wat haar te wachten staat. Ons te wachten staat.'

En hij, terwijl de buitenboordmotor weer wordt gestart en de boot langzaam wegvaart: 'Ik kom terug, Zola, ik zweer het, met deze boot of met een andere kom ik morgen terug zodra het licht is en dan heb ik een oplossing voor u allebei. Houd moed. U moet waakzaam blijven. En vooral niet in slaap vallen!'

Ik zag hoe hij met zijn vuisten in zijn ogen wreef en zich toen op een bankje liet neervallen, zijn schouders ingezakt, alsof hij nu pas de hitte voelde.

*Laat me met rust. Ik had al gezegd dat ze me met rust moesten laten. Ik wacht tot het water gaat zakken. Dat gaat heus wel gebeuren. Net zoals vaststaat dat ik ooit de kans zal krijgen u op het witte doek te zien, meneer Sean, en ook hoop ik nog in leven te zijn op de dag dat u, wie weet, een tweede of een derde Oscar krijgt, en ik zal heel hard voor u klappen in mijn eigen huis, voor mijn eigen televisie, met Lady op mijn schoot en, wie weet, een nest kleintjes van Lady. Of tegen die tijd misschien wel Lady's kleinkinderen.*

*Ach! Meneer Sean, ik denk dat ik hier zal sterven, in mijn kamer van water, als een klein meisje dat heel onnozel in haar bad verdrinkt.*

Ze hadden het ons beloofd. Gezworen. Dat de nieuwe bouwwerken nooit zouden bezwijken. Solide als een rots. Nog sterker dan de Hooverdam – een onneembare vesting. Ze hebben het ons bezworen en ik, onnozele hals, geloofde het. Zola! Armzalige! Zola! Je was een moeder, hoe heb je je zo kunnen laten verblinden?... Mijn kind is al heel lang ver weg. Godzijdank leeft mijn kind in het noorden. Het noorden. Mijn kind gaf de voorkeur aan koude streken, waar nooit akelige zweetplekken onder je armen verraden dat je transpireert.

\*

Hij had gelijk. Dit land onder de zee is niets waard. Onze beroepen zijn niets waard. Onze houten huizen zijn niets waard. Hoe zien die anderen ons, daar hoog in de lucht in hun helikopters, en hoe zien de mensen uit het noorden ons, als ze voor hun televisie zitten? Ik weet het, ik heb al eerder luchtopnamen van onze wijk onder ogen gehad. Mieren zijn we, zwarte mieren die in de val zitten, in witte luciferdoosjes.

Die val is mijn val, daar leef ik, dat is mijn huis, mijn stulp, iets anders heb ik niet, alleen dat, en Lady. Alleen dat hebben we, Lady en ik, en niets of niemand kan ons er wegjagen.

*

De acteur hebben we niet meer teruggezien. Hem niet en zijn boot ook niet.

(Weken later is hij te zien in een of ander amusementsprogramma, en hij vraagt de opgewonden presentator even serieus te zijn en zegt: 'Moet u nagaan: de kerk in die wijk heette de Noah's Ark Church. De kerk van de Ark van Noach. Ironisch, hè?'

Ach, wat lijkt hij aardig, zo ontroerend met zijn vroegtijdige rimpels, zijn ingevallen wangen en zijn laarzen met dikke hakken. En toch heeft hij een verschrikkelijke kop, hij ziet eruit als iemand die zijn grootmoeder zou kunnen doodslaan met een kachelpook.)

Het was prachtig weer, die vijftiende augustus, ik weet het nog als de dag van gisteren omdat ik vijftig werd – maar wat ik vierde was niet mijn verjaardag: Caryls proefschrift was net verschenen en hij kwam het me brengen, vers van de pers. Op het eenvoudige zwart-witte omslag stond een foto van een grijzende man met een zware bril, sober gekleed in een jasje en een wit overhemd, met een donkere das.

## Bayard Rustin
## of een dubbele minderheid
## Essay

Op de achterkant stond te lezen:

'De naam Bayard Rustin zegt de meeste mensen waarschijnlijk niets. Toch was hij een van de grootste denkers en actievoerders van onze eeuw.

Een bijzondere Amerikaan.

Hoewel Rustin het ware brein was achter de strijd voor de burgerrechten, bleef hij onzichtbaar in de publiciteit. Hij werd buiten beeld gehouden omdat hij homoseksueel was, daarom bagatelliseerde de NAACP zijn organisatorische activiteiten en zijn leidende rol binnen de beweging. De mars naar Washington was echter geheel het werk van Bayard Rustin. Voor het complete parcours had hij een gedetailleerd tijdschema ontworpen. Alle vrijwilligers van de ordedienst wisten bij elke kilometer exact wat hun te doen stond en welke struikelblokken ze dienden te vermijden.

In de voetsporen van Gandhi propageerde Rustin binnen de beweging het leidend beginsel van het geweldloze verzet.

Bij de eerste beschuldigingen van homoseksualiteit die de politie uitte aan Rustins adres, waarbij het gerucht verspreid werd dat King en hij een onwelvoeglijke relatie zouden hebben, liet de grote Luther King degene aan wie hij alles te danken had, als een baksteen vallen.

De man die de *éminence grise* van de beweging was geweest, werd zonder pardon opzijgeschoven.

Nu wordt hem echter door de recente geschiedschrijving alsnog recht gedaan, dankzij Caryl Jackson die uitvoerig onderzoek heeft verricht naar deze ongewone politicus die over een buitengewone moed beschikte.

Caryl Jackson werd in 1965 in New Orleans geboren en is doctor in de contemporaine geschiedenis. Hij woont en geeft les in Atlanta.'

Die vijftiende augustus was het mooi weer en ik werd vijftig. In mijn handen hield ik het mooiste cadeau waarvan een moeder kan dromen: het gedrukte proefschrift van mijn zoon. Gedrukt en gebonden en gepubliceerd door een echte uitgever.

Troy had twee flessen Franse champagne meegebracht.

Ik geloof waarachtig dat ik de ene helemaal in mijn eentje heb opgedronken. We zaten te drinken in de schaduw van het afdak, in de overweldigende geur van de blauweregen. Ik was nog jong, ik voelde me energiek.

Alles was mooi, alles ging goed. Totdat onze gesprekken over koetjes en kalfjes een desastreuze wending namen.

'En wat ga je nu doen?'

'Ze hebben me een leerstoel aangeboden op Harvard, maar ik doe het niet.'

'Wat... ze hebben je wát aangeboden?'

'Een leerstoel op Harvard. Ik heb nee gezegd.'

'Is dat wel mijn zoon die ik daar hoor? Mijn trotse, eerzuchtige zoon?'

'Ma, ik blijf liever in Atlanta.'

'Maar waarom Atlanta? Dat gat in het zuiden? Hebben ze daar zelfs maar een leerstoel geschiedenis?'

'Ma, ik wil in Atlanta blijven. Ik heb een baan aangenomen aan een openbaar lyceum. Een goede school.'

'Maar je gaat toch niet... Caryl! Luister naar me. Je mag je leven niet vergooien voor iemand anders. Niemand is dat waard. De beste universiteit van de wereld, die kun je toch niet weigeren!'

'Lief moedertje van me, mijn besluit staat vast.'

'Word nou eens wakker, Caryl! Atlanta, dat is niks. En jij wordt daar ook nooit wat. Wil je echt lesgeven aan van die schoffies die 's ochtends al stoned zijn? Ja? Oké. Ga dan maar.'

Ik weet nog dat ik opstond, mijn vuisten zo stijf gebald in de zakken van mijn jurk dat het pijn deed; en nog steeds hoor ik de woorden die ik zei.

'Ga dan nu maar meteen. Ik heb genoeg van je gezien voor de rest van het jaar. Blijf met Thanksgiving maar in Atlanta. En met Kerstmis ook, als je daar toch bent. Geweldig, Atlanta.'

Tranen stonden in de groene ogen achter de brillenglazen. Zijn stem sneed me door de ziel.

'Ma, niet doen, alsjeblieft.'

Ik ging het huis binnen en toen de deur achter me dichtviel liet ik me op de grond vallen en huilde.

Later kwam Nina langs met een vrijer. Toen ze zag hoe ik eraan toe was stuurde ze de verloofde weg om een boodschap te doen, helemaal aan de andere kant van de wijk.

'Ik schaam me voor je, tante. Er zijn geen woorden voor wat je hebt gedaan.'

En ik: 'Daarvoor heb ik hem niet opgevoed, zo veel van hem geëist, om zo stom te blijven hangen aan die rottige...'

Nina: 'O, noem het beestje maar bij de naam hoor, daar kan ik heus wel tegen. Het zal je alleen enorm veel pijn doen.'

Ik: 'Nee hoor, geloof me, daar ben ik nu wel aan gewend... daaraan. Dat hij zo is. Ik heb me vreselijk veel zorgen om hem gemaakt, want mannen zoals hij hebben het niet gemakkelijk in dit land. Er zijn er die geluk hebben, die gaan naar Europa.'

Nina: 'Je hebt het wel over andere tijden, Zola.'

Ik: 'Maar ik ben ook van een andere tijd. En ja, die Troy heb ik nooit kunnen luchten of zien. Een ander had ik misschien wel gemogen, wie weet. Maar hem niet.'

Nina: 'Met iemand anders was het precies hetzelfde geweest. Met een zwarte man zou het net zo zijn geweest. Dat weet je best. Wil je de waarheid horen?'

Ik: 'Kom maar op, je bent toch al bezig de psycholoog uit te hangen, leg mij maar eens even uit hoe het leven in elkaar zit.'

Nina antwoordt, nu ernstig: 'Met een vrouw zou het net zo geweest zijn, of het nu een blanke vrouw was of een zwarte, een gele of een latino. Het zou exact hetzelfde zijn geweest. Het is niet zozeer dat je het niet kunt verteren dat je zoon de voorkeur geeft aan mannen, als een soort lot dat hem heeft getroffen, net als zijn groene ogen en zijn uitzonderlijke IQ. Je had het kunnen accepteren, als hij maar niet praktiserend was geweest. Dat is de waarheid, Zola. Sorry als ik je choqueer.'

Hoe zou ze me kunnen choqueren, ze vertelt me iets over mijzelf waarover ik al duizenden nachten heb liggen piekeren. 'Ik wilde alleen maar dat mijn zoon zou lesgeven aan Princeton of Harvard, dat hij toekomstige presidenten en Nobelprijswinnaars zou opleiden. Dat hij zo'n eervolle taak zou krijgen.'

Nina barstte in lachen uit, ze veerde op van de sofa. 'Tante Zola, ik ken je goed genoeg om te weten dat je eigenlijk, in het diepst van je hart, zou willen dat je eigen zoon president wordt, of op zijn minst een Nobelprijs krijgt. Dat hem zoiets te beurt mocht vallen, zo'n eer.'

. . . . . . . . . . . . . . . . . . . . . . . . . . . . .

Was ik in de ogen van mijn zoon zo lelijk en zo zwart dat hij niet alleen voor alle andere vrouwen wegvluchtte maar zelfs ook voor mijn huidskleur?

Was ik zo hard, onaardig en onrechtvaardig dat hij doodsbang was voor de liefde van vrouwen? Of was ik juist zo liefdevol, zacht en meelevend geweest dat hij dacht dat de liefde van vrouwen iets vanzelfsprekends was, dat die daardoor oppervlakkig en kleurloos leek, zonder enige uitdaging?

Ben ik een monster? Zeg op Lady, ben ik een monster?

Lady knippert met haar ogen alsof ze de blikjes Miller in de kamer wil tellen. Ze laat haar oren hangen en haar staart beweegt een beetje aarzelend.

Ben ik een monster? Heb ik je verteld, Lady, dat Troy Hoe-heet-ie-ook-alweer een belangrijke erfgenaam was van... de familie Dinges? Een progressieve familie moet je weten, een hele chique familie die alleen maar het beste wil voor gezinnen... zoals wij.

Was ik zo lelijk, van lijf en van geest? Zo afschuwelijk als vrouw en als bloedverwant dat hij het idee zichzelf voort te planten wel moest verwerpen, omdat hij mijn afkeurenswaardige genen had geërfd?

Lady zat weer te trillen.

*Psssssch!* deed het opengetrokken blikje Miller. Ik nam een slok, toen twee, toen drie. Ik voelde mijn lichaam scheef wegzakken. Het bier voegde nog wat meer vocht toe aan het matras en de toch al doorweekte hoofdkussens.

In de val

*De trap naar mijn voordeur heeft vijf treden*
*Er waren vier kleine negertjes*
*Drie kleine kleutertjes zitten op een hek*
*Maar de postbode belde twee keer*
*Met het bericht 'Uw zoon is overleden'*

*1995, maart*

Troy kwam Caryls spullen terugbrengen, vastgesjord achter op de pick-up. Toen hij het zeil optilde zag ik drie metalen koffers, zo'n twintig kartonnen dozen met boeken en nog wat andere met grammofoonplaten. 'En daarin zit een heel leven van negenentwintig jaar? Is dat alles?' Hij schokte met zijn schouders en zuchtte: 'Dertig jaar. Hij zou gisteren dertig zijn geworden.'

'Dat weet ik heus wel, Troy. Maar ik heb geen zin om dat samen met jou te herdenken. Dat doe ik liever in mijn eentje. Hou de boeken maar. En de kleren en de muziek. Hou alles maar. Ik wil alleen mijn brieven terug en die ketting met het kruis. Het gouden kruis dat hij op zijn vijftiende verjaardag van ons kreeg.'

Troy werd rood, hij knipperde met zijn ogen en wendde zijn blik af. Met trillende vingers maakte hij de knoopjes van zijn zwarte poloshirt los en om zijn hals zag ik de vertrouwde ketting met het kruis, en het naamplaatje.

Ik geloof dat mijn stem ook trilde. 'Nee, hou hem maar, hij is van jou. Jij hoort hem te hebben.' Achter de ronde brillenglazen knipperden Troys ogen nog sneller. 'Ik kan hem niet houden. Nu niet meer.' Met nerveuze, onhandige vingers tastte hij naar het slotje van de ketting en haalde deze van zijn hals. Hij maakte een uitnodigend gebaar alsof hij hem mij om wilde doen, maar mijn nek verstrakte en ik stapte naar achteren. Ik deed mijn hand open en daar liet Troy langzaam de ketting in glijden, als een stroom koel zand.

'Sorry,' zei ik terwijl ik mijn hand om de armzalige schat sloot, die paar gram verguld metaal waarin voor twee treurende mensen het wonderbaarlijke gewicht van een verloren liefde besloten lag.

'Sorry dat ik niet anders tegen je kan doen. Ik ben nu eenmaal niet in staat tot contact met je, of tot enige vertrouwelijkheid. Die vier keer per jaar moest ik je wel omhelzen, om mijn zoon geen verdriet te doen. Maar het stond me enorm tegen. Nu hij dood is hoeft het allemaal niet meer. Niet meer doen alsof, afgelopen met de diplomatieke plichtplegingen.'

Hij zei zachtjes: 'Maar ik ben erg op u gesteld, en... ik vond het absoluut geen straf om u in mijn armen te sluiten.'

Ik: 'In godsnaam, maak de dingen nou niet nog moeilijker. Ik ken je voorgeschiedenis heel goed. Ik weet alles. Caryl hield niets voor me verborgen. Maar ik had nooit je overleden moeder kunnen zijn. Je bent slim genoeg om dat te snappen, om het te merken in ieder geval.'

Troy was met stomheid geslagen, hij stond daar maar

terwijl hij zijn gewicht van de ene voet naar de andere verplaatste.

Ik deed er nog een schepje bovenop: 'Ik word misselijk van dat opdringerige verlangen naar genegenheid van je. Je lijkt wel een hondje! Vind je soms dat je daar recht op hebt, dat anderen van je houden?'

Toen pas voelde hij tegen zijn hand de snuit van Lady, die al minutenlang om aandacht vroeg. 'Een jonge hond,' herhaalde hij en liet zich op zijn knieën zakken. Hij deed zijn bril af en verborg zijn hoofd in Lady's vacht. Zij deed haar ogen dicht, alsof ze luisterde naar de woorden die in haar oor gefluisterd werden. Ik ging de keuken in vanwaar ik ze gadesloeg terwijl de koffie doorliep, die twee die nog minutenlang onbeweeglijk met elkaar verstrengeld bleven.

Wat weet iemand eigenlijk van zijn kind? Mijn zoon, dat was mijn gezonde verstand, mijn huis, mijn bastion.

Die dingen waarover ze het altijd hebben, die heb ik nooit zo gevoeld: vlees van mijn vlees, bloedband... Als hij een wond had kon ik die schoonmaken en hechten zonder dat mijn handen trilden. Zonder angst of weerzin, ik probeerde gewoon hem zo min mogelijk pijn te doen.

De artsen hadden maar drie dagen nodig om achter de waarheid te komen, en nog een dag extra om mij die te vertellen: 'Een virulente vorm van kanker, mevrouw, die al door het hele lichaam is uitgezaaid.' Die witjassen gebruiken soms zulke rare termen, bizarre metaforen, alsof ze door een bijzondere woordkeus de aandacht een beetje kunnen afleiden van onze ellende en hun eigen ongerustheid. Maar de volgende beeldspraak was meer dan duidelijk: 'We moeten voorkomen dat de pijn gaat *uitstralen.*' De arts die dit zei, terwijl hij zijn handen ineenvouwde, was niet ouder dan mijn zoon en had net als hij een mooie zachte, lage stem. 'Hij zal sterven, daar kan ik niets aan veranderen,' ging de stem nauwelijks hoorbaar verder, 'maar hij hoeft niet te lijden. Daar zullen we ons hier allemaal voor inzetten.' Ik knikte en zei: 'Ja, daar gaan we ons allemaal voor inzetten.'

Ik weigerde gebruik te maken van Troys gastvrijheid en huurde een gemeubileerd appartementje in het centrum van Atlanta, vlak bij het ziekenhuis.

Iedereen dacht (iedereen om mij heen, nou ja, dat stelletje kon je op één hand tellen: niet Nina, de Haïtiaanse vrouw van de Koreaan, de roddeltantes uit de buurt en pater LaRoche, die voor Caryl bad), iedereen dus dacht dat ik zou instorten (hoe dan?... moest ik over de grond gaan rollen of zo?... me de haren uit het hoofd trekken, zoals die bezeten vrouwen uit antieke tragedies?), maar ik stond sterk in mijn schoenen, vol vechtlust, klaar om de strijd aan te gaan met elke aanval die de pijn zou doen op het lichaam van mijn zoon.

Er zijn vrouwen die hoogdravende verhalen houden over hun eigen vlees en bloed, maar als zich dan een moeilijk moment voordoet vallen ze flauw. Ik niet. Ik heb berust in dat afschuwelijke einde, en ik heb hem gewassen, gevoed en warmte gegeven. Ik heb zijn magerte aanvaard, en zijn lelijkheid, het doodshoofd dat al spoedig zichtbaar werd onder de doorschijnende, grijzige huid die strak over de botten spande. Ik koesterde elke seconde, in de hoop nog een ademtocht te kunnen redden, nog een woord op te vangen, die mooie glimlach nog één laatste keer te zien stralen.

En hoe meer ik hem bij me wilde houden en in mijn armen hield, hoe meer het bastion onder mijn handen afbrokkelde en zich aan mijn armen onttrok, totdat ik op het laatst alleen nog luchtledigheid omarmde: aan het einde niets dan koud zand en as.

Troy, met zijn één meter negentig, was degene die instortte. Natuurlijk had ik met hem te doen, hij wekte mijn medelijden, en ik schaamde me dat ik hem alleen liet in zijn huis – *hun huis, Zola, het was toen hun huis –* maar als ik moest aanzien hoe hij leed, hoe hij het gewoon opgaf en in een wrak veranderde, dan kon ik zelf ook niet meer overeind blijven. Dus ontvluchtte ik hem, meed hem gedurende de vier weken dat de doodsstrijd duurde, en zorgde ervoor dat ik altijd een paar minuten voordat hij kwam de kamer uit was. Soms lieten we briefjes voor elkaar achter, met informatie over wat er gebeurd was, overdag of 's nachts, over nieuwe medicijnen die Caryl kreeg, of een andere dosering kalmeringsmiddelen. Soms vond ik 's ochtends een leugentje op papier, geschreven op een geforceerd opgewekte toon:

'Goed nieuws, bijna de hele nacht geslapen en geen benauwdheid.'

Of:

'Grote vooruitgang. Hij heeft de helft van zijn avondmaaltijd gegeten.'

Vijf minuten later hoorde ik van de verpleegster dat dat niet helemaal waar was, hij had twee lepels appelmoes gegeten, eentje meer dan de avond ervoor, en hij had twee uur achter elkaar geslapen, wat meer was dan de dag ervoor, maar we wisten allemaal dat er geen enkele verbetering te verwachten viel, dat de enige vooruitgang in deze kamer slechts geboekt werd door twee dingen: de ziekte en Caryls ontreddering tijdens zijn zeldzame momenten van bewustzijn, korte oplevingen met steeds grotere tussenpozen, steeds meer een soort flitsen, en op het laatst nog slechts een knipperen met de ogen – *god*? Nee, dankjewel! De hemel zij dank was er de morfine, want voor mij was de ergste kwelling zijn heldere groene blik te moeten verdragen, daarin het ophanden zijnde afscheid te lezen en de goedheid die mijn zoon nog steeds in zich had, zijn zachtheid.

En ook ik loog met trillende hand op een gekreukeld papiertje:

'Troy, het zal je plezier doen te weten dat hij de hele dag wakker was en dat we een beetje hebben kunnen praten, en lachen. Ik moet van hem zeggen dat je wat rust moet nemen, dat je er slecht uitziet.'

Of:

'Niet schrikken, Troy, als je de nieuwe apparatuur ziet, dat is maar voor even, om hem te helpen ademen, hij heeft een kleine infectie en die moet eerst genezen.'

Ik weet niet wat hij met mijn briefjes heeft gedaan, maar die van hem heb ik altijd bewaard in een grote enveloppe, samen met de krantenknipsels (de artikelen in de plaatselijke *Picayune* over Caryls goede prestaties op school en over zijn proefschrift, en zijn necrologie, en ook loftuitingen in landelijke publicaties van de grote universiteiten) en al zijn diploma's waarvan ik altijd de originelen bewaarde. Ik probeer die enveloppe dicht te laten. Ik verbied mezelf erin te kijken, maar er komt altijd wel weer een avond die eenzamer en bitterder is dan de andere, en dan hef ik het verbod op.

. . . . . . . . . . . . . . . . . . . . . . . . . . . .

De volgende dag, donderdag geloof ik, verscheen er geen enkel vaartuig. De wijk was levenloos, stil als een vulkaanmeer. Iedereen was geëvacueerd. Ze vergeten ons, Lady. Het lijkt wel alsof we van het programma zijn afgevoerd, weggestreept. De hitte was nog weer toegenomen na een benauwde nacht.

In de verte werd de stilte benadrukt door twee eenzame helikopters die omhoogvlogen in de richting van Pontchartrain, eronder bungelden zakken zand. Die gingen ze op de scheuren in het beton gooien, in de hoop ze te dichten, neem ik aan. Je kunt net zo goed proberen de oceaan leeg te scheppen met een vingerhoed.

Komt het door de afstand of is het een optisch effect vanwege de warmte, waardoor alles gestold lijkt in de witte, hete lucht? Misschien wel allebei: het leek net of de machines vertraagd vlogen, in een soort lethargie, zonder nog in de opdracht te geloven – de fut was eruit, de overwinnaarsgeest verdwenen.

Ze begaven het bijna tegelijkertijd. Twee dijken in één klap. Bij London Avenue en bij de 17e Straat, precies zoals Lamarr en de acteur hadden voorspeld.

Het was een kwestie van een paar seconden. Er was geen pauze, geen enkele onderbreking tussen de herrie in mijn oren en het woest kolkende water, de stroom kwam naar binnen door het open raam en overspoelde het bed, en de ladekast. Alles verdween onder water. Ik greep de stoel die naast mijn bed stond en trok aan het luik van de zolder. De lichte aluminium trap die was opgeklapt ontvouwde zich. Ik nam Lady in mijn armen – mijn hemel, wat was ze zwaar. Doodsbang maaide ze met haar vier poten door de lucht en door het water, ik drukte haar tegen de fragiele trap aan – breek hem niet, in godsnaam, voorzichtig – en ten slotte begreep ze het, glibberend zette ze eerst haar achterpoten neer en toen haar voorpoten, ik duwde haar tegen haar achterste, ze klauterde nog een paar treden verder en sprong toen op de zolder, waar ik haar volgde.

*Het is net alsof je in je eigen doodskist klimt, Zola, hoewel jouw doodskist eigenlijk allang in de hemel staat. De engelen roepen je met hun castratenstemmen, hoor je ze niet?* Toen ik het luik weer dichtdeed wierp ik amper nog een blik op mijn kamer die verslonden was door zwart, stinkend water.

En ik bedacht dat ik deze kamer nooit meer terug zou zien, nooit meer de Indiase sprei zou zien, nooit meer de wekker die mijn hele leven begeleid had, en nooit meer de foto van mijn prachtige zoon, zo stralend op die dag, de grote dag van zijn diploma-uitreiking.

Dat ik dood zou gaan en zou wegrotten op de drijvende vuilnisbelt.

Onder de lage balken kon alleen de hond rechtop staan. Zelf had ik de keuze tussen hurken of kruipen. Een zolder die beter was afgesloten dan een kluis. Verstevigd met zulk zwaar hardhout dat de orkaan nog geen latje had kunnen loswringen. Een zolder die net een oven op de hoogste stand leek.

Ik ging meteen op zoek naar een zwakke plek, een mogelijkheid om lucht binnen te laten, maar het dak was massief en potdicht: nooit van mijn leven zou het me lukken om met mijn blote handen – en al helemaal niet met die broze nagels van mij – de stevige wandbetimmering en de zware, onderling gekruiste binten los te krijgen. Goed gedaan, Aaron. Mooi werk, meneertje. Hoe zou ik ooit een opening kunnen maken in dit fort dat zonder ook maar één krasje op te lopen de ergste storm aller tijden had doorstaan?

De houten vloer was gloeiend heet, de planken waren van ruw hout vol splinters waaraan ik mijn handen en knieën openhaalde zodat ze al snel onder het bloed zaten. Uitgeput ging ik, met prikkende ogen van het zweet, languit op de vloer liggen en probeerde mijn ademhaling rustig te krijgen.

'U hebt toch wel een bijl hè?' had Anita's neef bezorgd en met klem gevraagd. 'Ja ja, maak je nou maar geen zorgen!' En ik had hem vriendelijk in de richting van de deur geduwd, zonder te kunnen vaststellen of de knul ze wel allemaal op een rijtje had of dat hij weer een of ander spul had zitten roken (poeder, bladeren, crack) waardoor de stoppen doorslaan. Een bijl! Je zou toch eerder denken aan het dichten van gaten en scheuren, het vastspijkeren van ramen en deuren met alle planken die je maar kon vinden!

En toen zag ik hem, netjes opgehangen aan twee haken in de houten wand: een rode steel met daarop een afgeplat stuk staal met één geslepen kant.

Voorzichtig bevoelde ik met mijn duim het snijvlak, dat scherp was als een scheermes. *Dank je wel, Aaron, dank, mijn allerliefste, mooie man van me met je witte baard, makker van me.* Met de bijl in beide handen geklemd probeerde ik een aanval te doen op de dakwand, maar het ding was zwaar en het hout veel te hard, en doordat ik in zo'n onhandige houding zat, met mijn rug achterover gebogen, kon ik niet goed uithalen en geen kracht zetten met mijn knokige armen. Ik raakte uitgeput van de vergeefse pogingen, maar prees in weerwil van mijn groeiende angst de hemel die mij genadig was, ik voelde me dankbaar dat het Aaron was geweest die mijn pad had gekruist en niemand anders, Aaron die me had genomen zoals ik was, een jonge moeder zonder familie, want mijn moeder had me het huis uitgejaagd zodra ze wist dat ik een kind verwachtte, Aaron die zonder mitsen en maren de zoon had zien opgroeien die door een ander was verwekt en die hij gezworen had te beschouwen als zijn eigen kind, een zoon die niet alleen van een ander was maar die ook, met zijn lichte huid en zijn groene ogen, tot een ander ras behoorde.

Een bijl! Mannen hebben zoveel dingen die ze vergeten ons te vertellen. En wij, hun vrouwen, we praten, we stellen vragen, we doen alsof het ons interesseert wat ze uitspoken zonder ons, ver van ons vandaan, maar we vergeten de juiste vragen te stellen. Zoals: wat was je die ochtend op zolder aan het timmeren?

*

Mijn kind, de tijd lijkt gekomen. De tijd dat ik me bij je voeg, en dit moment heb ik niet gestolen. Het is angstaanjagend. Het is waanzinnig prettig. Verlos me, mijn zoon, verlos me van het kwaad, verlos me van mijn zonden, verlos me van de angsten, vergeef me mijn domheid, vergeef me mijn jaloezie, bevrijd me uit de tang van de haat, bevrijd me van de bittere smaak van trieste hartstochten – bevrijd me van mijn liefde voor jou, verlos me. Want ik kom bij je en ik wil puur zijn, en mooi, de kuise Zola die alle jongens uit de wijk het hoofd op hol bracht, de ontoegankelijke Zola... de maagd... de ongenaakbare... de trotse Zola die zich op haar drieëntwintigste aan de eerste de beste blanke gaf, maar niet zomaar iemand, nee, een strijdlustige anarchist met rood haar en blauwe ogen, met dwars over zijn gezicht een litteken dat van de rechterslaap helemaal tot onder aan het linkeroor liep.

Ik heb je geloof ik nooit verteld dat je vader rood haar had. Ik denk het niet. Toen ik zag dat jij van die rossige man hield, en hij van jou, toen voelde ik een hevige, onuitsprekelijke pijn, alsof door jouw toedoen mijn schandvlek nu dubbel zo groot was geworden.

Ik heb ja gezegd tegen je vader omdat hij mooi was, zoals kwajongensachtige blanke mannen mooi kunnen zijn, en geestig, en lief.

Het ziet ernaar uit dat voor het verstand de zaken rechtgezet gaan worden, en voor de biologische rangorde ook.

Het verstand is kwetsbaar omdat het niets kan aanvangen tegen degenen die het bestaan ervan ontkennen. Het beschikt niet over wapens om vijanden te lijf te gaan en verliest elke welsprekendheid tegenover de meest ongeletterde fanatiekeling. Nu God het heeft laten afweten staat het verstand er alleen voor om de verschrikkingen van de wereld tegemoet te treden; zo alleen dat het vaak de weg kwijtraakt.

Pastoor LaRoche roept allerlei duivelsbezweringen vanaf het dak van de Heilige Augustinuskerk, maar het dient nergens toe, het is volkomen zinloos dat hij zich hees staat te schreeuwen: geen enkel schaap uit de kudde antwoordt hem nog vanuit de diepten van de verdronken parochie.

Lamarr vertelde me dat de eerwaarde zichzelf had vastgebonden aan de kerktoren en de Apocalyps gadesloeg terwijl hij zijn angsten uitschreeuwde. 'Ik ga ten onder met mijn kerk!' riep de waker zijn redders toe. 'Moge God jullie genadig zijn!' Lamarr: 'Ik kreeg er kippenvel van.'

Hij had ons getrouwd, Aaron en mij. Hij was toen nog een jonge priester, bezeten van zijn missie. Het waren inderdaad, dat moet gezegd, jaren van hoop. We maakten plannen voor de wereld en voor onszelf. In die volgorde of andersom.

In mijn verbeelding zag ik pastoor LaRoche voor me, met een zwartgeblakerd, zonverbrand gezicht, uitgehongerd en stervend van de dorst, gek van radeloosheid. Een martelaar, vastgebonden aan de mast van een spookschip. Ook zíjn stem zweeg, die ochtend.

Heb ik plannen? Plannen voor mezelf? Daar ben ik totaal niet mee bezig, daarvoor houd ik niet genoeg van mezelf. Voor je kinderen maak je plannen misschien. Je zorgt dat ze een opleiding krijgen, dat ze een toekomst hebben, trouwen, je helpt ze als ze zelf ouders worden en ten slotte laat je ze een huis na, of wat spaarcentjes – waarmee ze zelf een groter huis kunnen kopen en kunnen sparen voor hún kinderen...

Dat is zo rustig met jou, Lady, dat je voor een hond geen plannen maakt. Niet nodig: gewoon de ene dag na de andere. Die routine geeft rust.

Maar hé, misschien kan ik toch nog een goede daad verrichten. Voor mijn nicht: haar als mijn dochter aannemen en haar uit de handen houden van die stakkerds die ze de een na de ander afwerkt. Nu eens een aso, dan weer een depressieveling of een alcoholist, maar zonder uitzondering allemaal problematische en ongeschoren types, met een slechte huid en vette haren – alsof ze allemaal prototypes zijn van een bepaald soort blanken, alsof de herinnering levend gehouden moet worden aan koningen en koninginnen van de Oude Wereld die zich nooit wasten en daarom hun gezichten met poeder plamuurden en zich met reukwater besprenkelden. Niet bepaald prinsen, die uitverkorenen van Nina: haar voorkeur brengt haar niets dan tranen en vernederingen.

Ik zou haar moeten voorstellen aan MJ, dat zou ik kunnen bekokstoven samen met miss Anita (ja, hondje van me, die is daar absoluut bij nodig, dus dan mag je niet meer tegen haar grommen)... Ze zouden het goed met elkaar kunnen vinden, Nina en hij. Twee lieverds die zich verstoppen achter een stoere buitenkant: zij is eigenlijk helemaal niet losbandig en hij geen slechte jongen. Ze hebben met elkaar gemeen dat ze allebei wees zijn en geen familie hebben, behalve dan een vrouw die ze tante noemen maar met wie ze geen biologische band hebben. Ik denk eigenlijk dat ze het samen prima zouden kunnen vinden, dat hun 'styles', zoals Nina zegt, goed bij elkaar zouden passen. Met haar *french manicure* en haar blonde *extensions* zou Nina zeker gecharmeerd zijn van MJ's smetteloos witte kleren, van zijn gouden ringen en zijn spectaculaire schedel waarin de tondeuse een labyrint heeft geschoren. Ik zie ze al samen lachend en verliefd in de cabrio rondrijden (ook wit, met ivoorkleurige leren stoelen), dat herrieding waaruit de muziek zo hard dreunt dat de doden op het naburige kerkhof wakker geschud worden.

Ik kan nu wel spotten met Nina's smaak, maar waarom moest ik zelf zo nodig achter een melancholieke student aanlopen, bleek en roze als porselein... terwijl die míjn hart brak?

\*

Ik weet dat Nina treurig is. Dat ze haar lievelingsneef mist. Dat dit gemis en het niet af te schudden verdriet haar opstandig maken. Ik weet ook dat als Nina ooit een zoon krijgt, ze hem Caryl zal noemen. En niet ter herinnering aan die ter dood veroordeelde Caryl Chessman, en ook niet als protest tegen de doodstraf. Het zal gewoon uit liefde zijn. Een mooi aandenken aan de liefde.

Nu zijn er ochtenden, praktisch elke ochtend eigenlijk, dat mijn lijf het opgeeft.

In mijn gedachten richt een ander lichaam zich op, vastberaden en sterk, een lichaam dat gezond is.

Dit lichaam kent geen aarzeling, het gaat gewoon recht op zijn doel af. Het trekt mijn witte zondagse jurk aan, en mijn schoenen met hakken.

Het gaat op weg, naar de tuin der doden.

Ik kan haar zien vanuit mijn bed, door het open raam, ik kan zien hoe die vrouw met haar blote handen in de aarde graaft om Caryls lichaam terug te vinden. Het opgraaft. Aan het licht brengt. Tegen zich aandrukt, eindelijk.

Het is een schedel die ze wiegt, en de botten van twee armen – maar wat doet dat ertoe: ze weet nog precies hoe het voelt om het vlees van haar kind te omarmen. Met een slip van haar jurk veegt ze het zweet van haar zoons voorhoofd en het opgedroogde bloed van de stigmata.

Met haar kind in haar armen slaapt ze voorgoed in en samen stijgen ze op naar de hemel.

Dat doet ze, die dappere vrouw. *Sterker dan een bataljon mariniers,* zei haar overleden echtgenoot altijd over haar. Al weer lang geleden.

*Atlanta, Kerstmis '94, Academisch Ziekenhuis*

Hij: 'Jij kunt er niets aan doen dat de wereld niet volmaakt is. Het is net een leger dat maar doormarcheert en onderweg bendes mensen achter zich laat, veelal zwakke broeders en gewoon voetvolk. Het merendeel van die troepen lijkt niet ongelukkig. In ieder geval niet genoeg om in opstand te komen. En zolang het leger maar door blijft lopen is het misschien allemaal niet zo erg.'

Ik: 'Nou lieverd, ik vind je wel cynisch, hoor.'

Hij: 'En ik vind dat jij je te veel zorgen maakt, moeder.'

Ik omhelsde hem. Wat voelde hij mager aan, in mijn armen.

'Ik hield zo van koken. Ik vond het heerlijk om op te staan als iedereen nog sliep en dan wentelteefjes te bakken voor het ontbijt

Ik was dol op jouw wentelteefjes

Ik vind het fijn om op zondag het goud met roze damasten tafelkleed te strijken, het mooie servies tevoorschijn te halen, de elegante glazen op een voet

Ik houd van jouw ravioli met krab, van je vleespastei, maar die witte bonensalade van je vind ik niet lekker. Ik hield van flensjes en van kokostaart

Maar de dokters hadden gezegd dat je ziek wordt van

suiker, en ik wist niet meer wat ik moest maken zonder suiker

Had ik nou maar een andere ziekte gehad, wat dan ook, alles behalve suiker, dan zouden we alle dagen taart en flensjes en wafels hebben gegeten, niet alleen op verjaardagen of met Thanksgiving. Dan was het alle dagen feest geweest.'

Aardig zijn, ja, dat weten we nu wel. Mijn hele leven heb ik gezegd dat je aardig voor anderen moet zijn. Maar die leerlingen van mij, die knullen, die vermoorden elkaar, die knallen elkaar neer, even gemakkelijk alsof ze aan het kleiduivenschieten zijn.

Alsof ze niets voorstellen, zijzelf niet en hun soortgenoten ook niet, alsof ze alleen maar schimmen zijn, allegorische hologrammen van afgunst, hebzucht, wraak en verbittering.

Alsof zij niet evengoed echte wezens zijn, lichamen die bemind worden en die zelf kunnen beminnen.

Hij is twaalf.

Hij komt naar me toe op een avond dat ik erwten zit te doppen onder het afdak.

Hij spert zijn groene ogen wijd open en zegt: 'Mama, wat gek.'

*Gek, zoals we allemaal worstelen, je hebt de sleutels in je hand maar dat wil nog niet zeggen dat de deuren als vanzelfsprekend opengaan.*

Al twee dagen zitten we nu zonder drinkwater. En omdat Lady nog nooit bedorven water heeft gedronken en slechts walging en afkeer voelt voor deze natte inbreuk op haar territorium, raakt ze verzwakt door dorst, en ook honger. Nu ze niet meer naar buiten kan houdt ze haar behoeften op (sinds zondagavond dus), alsof dit huis, hoewel het nu één groot riool is, nog steeds hetzelfde huis is, het heiligdom waar niet gepiest en gepoept wordt. De laatste twee of drie uur, ik weet het niet precies, heeft ze een soort zenuwaanvallen, ze bijt op haar poten, draait alsmaar rondjes en springt dan plotseling op of neemt een sprint naar de andere kant van de zolder. Het is bijna onverdraaglijk haar zo te zien, mijn maag draait ervan om.

Ik pak de bijl weer op. In plaats van met grote gebaren en kracht probeer ik het nu met precisie en geduld. Soms moet ik met mijn vingers stukken lostrekken waar de bijl niet bij kan, om zo het gat te vergroten. Het lijkt of de temperatuur iets gedaald is – nacht misschien. Nu ik door de eerste laag heen ben zitten mijn handen onder het bloed, mijn onderarmen zijn rood en opgezwollen en lijken wel verlamd. Ik ga weer door, steeds langzamer, ik hak, ik pulk stukken hout uit het gat, totdat de bijl uit mijn handen valt.

En dan gebeurt er iets ongelofelijks, iets wat waanzinnig is maar meer dan welkom: Lady komt grommend naar me toe, haar ogen lichten op in het duister, ik zie het wit van haar tanden onder de opgetrokken lippen, en ik denk *Dit is het dus? Is dit het lot dat mij beschoren is? De treurige ironie dat ze mij doodt?*, maar het volgende moment steekt ze haar snuit in het gat en zet ze met alle kracht haar tanden in het kapotgehakte hout. Ze rukt, scheurt, spuugt, piept als een stuk hout of een splinter haar pijn doet, en daarna gaat ze weer in de aanval, net zo lang tot ze uitgeput is. Ik neem haar in mijn armen om haar te kalmeren, ik aai haar, en dan ga ik op de tast zelf weer verder, om met mijn gehavende en bloedende vingers nog meer hout weg te halen, zoveel als ik kan.

Het is stikdonker als Lady haar snuit naar buiten wringt en genietend haar longen vol lucht zuigt. Het is nog maar een klein gat, een luchtgat, waardoor ik op mijn beurt mijn neus naar buiten steek. De hond heeft een soort vrolijkheid over zich gekregen die aanstekelijk werkt, een opgewekte verbetenheid die maakt dat we verdergaan met het vergroten van de doorgang. Het wordt dag als ik mijn voorhoofd laat rusten tegen de zijkant van de opening. Naast me hijgt Lady, ze heeft lucht nodig. Haar adem ruikt verschrikkelijk – hoe zou het met die van mij gesteld zijn?

Toen ik mijn hoofd door het gat naar buiten stak, dacht ik even dat ik hallucineerde. Als om het drama van een komische noot te voorzien was er 's nachts een monster gearriveerd. Een jacht. Een jacht dat was gestrand in de tuin van de Grants. En dan heb ik het niet over een kano of een boot met buitenboordmotor zoals die van de acteur: ik bedoel een echt jacht, met hutten, een salon op de brug en ligbedden op de voorplecht, een boot die veel groter en beter uitgerust is dan het hele huis van de Grants, dat eronder doorbuigt, vermorzeld wordt door de blauwe boeg die zich in de zolder geboord heeft. Alsof een walvis gestrand is in een koekoeksnest.

Ik wilde lachen maar mijn tanden klapperden. Ondanks de teruggekeerde hitte voelde ik mezelf rillen, en ik kon niet zeggen welk deel van mijn lichaam het meest gloeide, mijn voorhoofd, mijn knieën, of mijn kapotte handen.

Ik val even in slaap, vijf minuten misschien – en dan word ik weer wakker, bibberend en nog erger klappertandend dan eerst, en de onderkant van mijn jurk is doornat alsof ik

*O god, nee! Dat niet Zo'n einde niet Ik heb al twee dagen niets gedronken Nou ja, anderhalve dag Dan is het toch onmogelijk dat ik*

in mijn broek heb gepiest als een oud wijf, als een achterlijke zottin?

Maar al snel herken ik de lucht: het water zal nu het plafond van de slaapkamer bereikt hebben en sijpelt door de vloer, stroomt binnen door het luik.

'Zie je dat, Lady? Zie je hoe dat vervloekte water ons achtervolgt, ons opjaagt, in het nauw brengt?

Als het luik het onder de druk begeeft, net als de putdeksels op het kruispunt – let wel, deksels van gietijzer, die werden opgetild als veertjes – als het water gaat winnen, wat moet er dan van ons worden?

Niet bang zijn, Lady, heb vertrouwen... Ik bedenk wel een oplossing... Ik vind wel een manier om hieruit te komen. Ik moet me gewoon even concentreren.'

Maar mijn hoofd tolde, voor mijn ogen dansten duizenden witte vlekjes. Mijn ontstoken knieën veroorzaakten stekende pijnen in mijn bovenbenen, mijn heupen en mijn rug. En dan die koorts... Hij was opeens zo gestegen dat ik bijna naar de verdrinkingsdood verlangde. Mijn lichaam begon het zo langzamerhand op te geven.

Toen ik het geluid van een overvliegende helikopter hoorde, kroop ik steunend op mijn ellebogen naar de opening en schreeuwde om hulp. Het gat was zo nauw dat alleen een arm en een gedeelte van mijn schouder er doorheen konden. Wie zou me hier van boven uit de lucht zien? Wie zou me horen?

Toen nam ik Lady's lieve kop in mijn handen, en ik drukte kussen op haar zwarte neus, op haar Egyptische ogen en haar fluwelen oren en ik zei: 'Ga maar. Ga jij dan in ieder geval.'

Ik duwde haar achterste omhoog naar de opening, maar ze werd bang. Bang voor het water waar allerlei vuiligheid in drijft en waar ratten zijn die je niet wilt opeten ook al sterf je van de honger. Bang om alleen gelaten te worden, weggejaagd uit je huis. Bang om dood te gaan misschien, natuurlijk.

'Ga maar kruipen lieverd, gebruik je nagels en kruip naar boven, het dak op. Boven op de nok zullen de piloten je zien. Toe maar, meisje. Het moet, nu.'

Haar nagels krassen, ze zoekt houvast tussen twee

dakpannen van imitatieleisteen, maar de helling is te steil, en het is alleen uit pure angst dat de uitgeputte hond zich nog probeert vast te klampen, maar het lukt niet. Ze kijkt omhoog naar de hemel, die haar niets zegt, dan naar mij, haar grote ogen vol onbegrip, dan draait ze haar kop om en laat haar blik vallen op het zwarte water. Ik schreeuw nee, maar ze laat zich al op haar buik omlaag glijden, al haar nagels wijd gespreid, ze houdt zichzelf nog een beetje tegen, ze remt haar val af en ik begrijp totaal niet waar ze heen wil, wat haar instinct haar ingeeft, totdat ze met een ruk van haar achterlijf zichzelf op drie poten weer opricht en ze in de takkenwarboel van de oude, kronkelige blauweregen belandt: daar, tussen de ranken, vormt zich om haar lijf een soort mand. Ik roep haar, en voor het eerst sinds twee dagen zie ik haar staart zachtjes heen en weer gaan.

Mijn ogen rolden weg onder mijn loodzware oogleden, ze zakten weg tot ver achter in mijn oogkassen. En toen viel mijn lijf ineens achterover in het water, met een hol geluid als van een kalebas.

En daarna wist ik niets meer.

Donderdagavond... vrijdag, zaterdag, zondag... ik weet het niet meer.

# Nooduitgang

... Omlaag gegleden dus, holderdebolder, en geland in de dakgoot, tegengehouden door de blauweregen waarvan de takken een stevige laag geweven hadden. Zo wist de hond tijdelijk redding te vinden.

Wat ze me verteld hebben:

Het werd al avond toen de helikopter van de televisie met zijn schijnwerpers de verlaten buurt afzocht, op zoek naar wat dan ook. Voor de lens van de cameraman verschenen opeens twee oplichtende oranje ballen met wit eromheen, de felle ogen van Lady – zo fel als mogelijk was met het beetje kracht en leven dat ze nog in zich had.

Om middernacht was Lady te zien in alle plaatselijke televisiejournaals – Mississippi, Louisiana, Alabama, de hele wereld ging slapen met in het hart het beeld van die hond (een teefje, maar dat wisten ze toen nog niet) die gestrand was op een slecht onderhouden dakgoot.

De volgende dag haalde Lady de voorpagina's van de dagbladen, en soms was haar mooie hallucinerende blik geretoucheerd om haar wat vriendelijker en minder afschrikwekkend te maken.

Toen duurde het nog tien uur – in het hele land roerde het verontwaardigde publiek zich – voordat de burgemeester de kustwacht opdroeg het dier te gaan redden van een wisse dood. Die dag, het was zondag denk ik, of toch maandag? ik ben het besef van de tijd kwijt, was er geen wolk aan de hemel, maar de wind deed vrezen voor een nieuwe storm.

Als ik de opnames die ze me in het ziekenhuis hebben laten zien moet geloven, was de reddingsactie spectaculair, adembenemend, precies zoals ze het graag hebben bij het televisiejournaal. Een oranje reddingswerker werd aan een lier omlaag gelaten terwijl hij met één hand stevig een gondel vasthield die aan een andere kabel hing, om te voorkomen dat hij in de wind ging slingeren.

In de montagestudio hadden ze later bedacht om het moment dat de redder op de blauweregen neerknielde van applaus te voorzien en zo te benadrukken hoe geweldig deze actie was. 'Een achtergelaten hond vindt toevlucht op een dak,' zei de commentaarstem. En toen de engel in het oranje uniform erin slaagde dicht bij de hond (het teefje) te komen en zag hoe uitgeput ze was, richtte hij zich op naar de camera in de helikopter met een uitdrukking van 'hopeloos': zijn duim wees omlaag en zijn gezicht stond zorgelijk. Met gevaar voor eigen leven bewoog hij zich toch naar Lady's plantaardige mand toe, tilde haar op in zijn armen en slaagde erin haar in de gondel te hijsen.

Dat alles onder heftige windstoten en het duister van de nacht: alleen was er bij de montage zoveel applaus onder gezet dat de wind niet meer te horen was.

Maar in haar gondel jankte de hond. Niet uit angst, nee. Ze jankte tegen de dood.

Toen hebben ze ter plekke een duiker gewapend met

een moker neergelaten en die heeft het dak kapot geslagen. Ik dreef op mijn rug. *Op mijn rug ja, Aaron.* Als een
volleerd zwemster. Hoewel de duiker verblind werd
door de schijnwerpers van de kring helikopters stak hij
zijn duim op in de richting van de camera's om te zeggen *Alles oké.*

Ik voelde een arm onder mijn armen, en een andere
op mijn heupen, ik voelde dijen en benen die ons voort-
bewogen, ik herinnerde me hoe trots Aaron was... *Sterker
dan een bataljon mariniers...* en toen besloot ik vertrouwen te hebben in dat stevige lichaam en te gaan slapen,
eindelijk slapen.

'Achtenveertig uur!' riep de dokter uit toen ik wakker
werd. 'Achtenveertig uur in coma, én onderkoeld. U
mag wel trots zijn op uzelf, u hebt ons echt ongerust gemaakt.'

. . . . . . . . . . . . . . . . . . . . . . . . . . . .

Mijn lichaam dreef op de rug, armen wijd uitgespreid,
hoofd in de richting van het lichtgat. De reddingswerkers zeiden: 'U zag er heel gelukkig uit, u glimlachte.'
Een van de twee had een kruis geslagen, schijnt het, terwijl hij stamelde 'Grote genade, allemachtig...'

*Ik zwom.* Eindelijk zwom ik. Als klein meisje, sinds
mijn eerste tochtjes naar het meer, droomde ik ervan te
kunnen surfen en benijdde ik mijn kameraadjes die aan
die gewichtloosheid grote vreugde schenen te beleven,
een soort extase misschien, waarbij lichaam en geest
met elkaar verzoend waren.

Om te beginnen haalden ze me weg van de zolder. Mijn lichaam werd op een draagbaar gelegd en daarmee vastgesjord op een brancard van de helikopter, en die werd met veel moeite omhoog gehesen, hij slingerde als een gek in de wind van de propellers: een geselende draaikolk, een mini-orkaan alleen voor mij, een soort eerbetoon van de hemel, de brancard zwaaide heen en weer en draaide als een tol om zijn eigen as, goeie god dit gaat niet, goeie god houd die brancard in bedwang, Heer, gun uw schaap toch de rust van een christelijk kerkhof. Dat dacht ik toen ik een week later de opnamen van de reportage bekeek, op een televisie in het ziekenhuis, maar op het moment zelf dacht ik niets, helemaal niets, op dat moment had ik de wereld verlaten en in mijn gedroomde dood voelde ik mezelf omhoog zweven in een paradijselijk ontslapen, vrij om ten hemel te stijgen.

· · · · · · · · · · · · · · · · · · · · · · · · · ·

Caryls stem zong een aftelversje:

*Vijf treden heeft mijn voordeurtrap*
*Er waren vier kleine negertjes*
*Drie kleine kleutertjes zitten op een hek*
*Twee keer kwam de postbode voorbij*
*Maar hij had geen brief voor mij*

· · · · · · · · · · · · · · · · · · · · · · · · · ·

Opnamen binnen in de eerste helikopter laten Lady zien die, vastgesnoerd in de gondel, met opengesperde ogen zit te staren naar de moerassige leegte buiten, waar haar bazin wellicht zou kunnen opduiken. (Later vertelden ze dat een productieassistent van de televisie door de deur stukken vis uit de helikopter had gegooid om de hond naar buiten te laten kijken, wat zou verklaren waarom op die opnamen twee lange draden speeksel uit haar bek druipen.)

En daar, in de helikopter, nadat ze me aan boord hadden gehesen, hebben ze van mijn hals de gouden ketting met het kruis en het naamplaatje gestolen.

| Caryl Jackson | In case of accident |
|---|---|
| 02 05 1965 | Please contact |
| Diabetes type 1 | Troy Mackintosh |
| Insuline | + 1 677 549 7809 |
| Blood type: B + | |
| I am a donor | |

'Telefoon voor Jackson,' blafte de verpleegster.

Ik liep zo snel als met het draagbare infuus mogelijk was. In de cabine riep ik: 'Nina, kom me halen.' Maar het was Nina niet. Het was mijn nicht niet. Snikken welden op in mijn keel: 'Hoe heb je me gevonden?'

Hij: 'Ik heb u niet gevonden. Ze hebben me gebeld, mevrouw Jackson. Kennelijk droeg u Caryls ketting om uw hals, en het telefoonnummer dat erin gegraveerd staat is nog steeds mijn nummer. De artsen dachten eerst aan een hypo. Het had niet veel gescheeld of ze hadden u met insuline ingespoten om u weer bij te brengen.'

Ik: 'Wat is dat voor dom gedoe? Zie ik eruit als een jonge vrouw die in 1965 is geboren? Maar in één opzicht hebben ze gelijk, die witjassen. Ik had veel eerder de pijp uit moeten gaan. Zodat mijn zoon pas daarna had kunnen sterven.'

Hij: 'Niet huilen, mevrouw Jackson. Ik kom u ophalen – als u dat wilt, natuurlijk.'

Toen werd het me te machtig: 'Waar is mijn hond? Wil je haar gaan zoeken, alsjeblieft?' Het bleef stil aan de andere kant van de lijn.

'Je moet Lady zoeken!'

Hij, met een klein, bangelijk stemmetje: 'Maar mevrouw Jackson, ze kunnen de mensen al niet terugvinden. Wie denkt er nu nog aan honden?'

\*

Uiteindelijk vonden ze een bed voor me in een gang, vlak bij de afdeling kindergeneeskunde. Daar liggen ook zieke kinderen uit mijn stad, vermagerd, met een starende, holle blik, ze zijn achtergelaten, misschien zijn hun ouders wel dood.

Ik moet de hele tijd aan Lady denken, en ik ben steeds bang in snikken uit te barsten. Ze hebben gezegd dat ze niet dood is. Tenminste, vorige week leefde ze nog. Ik had niet kunnen vermoeden dat ik het zo verschrikkelijk zou vinden van haar gescheiden te zijn, niet na al die eerdere keren dat ik afscheid heb moeten nemen. Welnu, het verdriet is verstikkend: ik was verantwoordelijk voor haar, voor haar welzijn, en ik heb gefaald.

Wanneer ik gek dreig te worden van ellende dan klim ik uit mijn witte bed, pak mijn infuus en ga de kinderen opzoeken, die vragen om een nieuw verhaal uit de klassieke oudheid. De Trojaanse Oorlog is voor ons allemaal een goede afleiding.

\*

Voor zwerfhonden of honden die hun baas waren kwijtgeraakt was er nauwelijks kans op overleving. En toch hadden sommige van hen in zeker opzicht meer geluk dan hun menselijke tegenvoeters: honden werden tenminste nog opgevangen, in een soort stadion dat door de orkaan gespaard was, een hal voor sportwedstrijden en spektakelstukken, eigendom van een dame die miljarden had verdiend in de mediawereld. Daardoor was de televisie zeer geïnteresseerd en werden er uitgebreid opnamen vertoond van deze bijzondere vorm van liefdadigheid. Het mooie stadion was gebouwd op een terrein dat boven de westelijke oever lag, en hoewel het niet schoon was hadden de honden er hun pootjes op het droge, en dat was meer dan wat van de meeste mensen gezegd kon worden.

Troy trok zijn broekspijpen op tot aan zijn knieën en waagde zich in het hondenconcentratiekamp. Tienduizend geredde honden, volgens de schattingen in de kranten, maar geen enkele bak met eten of drinken voor ze, geen riem om ze aan te lijnen, geen middel tegen parasieten. Hij probeerde maar niet te denken aan teken, vlooienbeten of hondsdolheid, hij liep of beter gezegd glibberde gewoon verder over de ondergepoepte grond, hij riep Lady en op een bepaald moment kwamen er wel vijftien honden aangezet die waarschijnlijk allemaal Lady heetten, maar hij zag in één oogopslag dat ze het allemaal niet waren.

Na een halfuur hoorde hij gejank onder een paar kartonnen dozen vandaan komen. Hij wist gewoon dat zij het was. En toen hij de laatste doos optilde vond hij haar daar, weggedoken in het donker, stervend van de dorst. Een oude dame met een witte kop, een hond die helemaal op was, zoals zoveel andere in het kamp; haar blik was grijs van de staar maar de amandelvorm van haar ogen was er nog steeds, die ogen die opgemaakt leken of getatoeëerd, en daardoor iets verontrustend menselijks hadden. Ze kwam nauwelijks overeind, haar rechtervoorpoot was gebroken. Gewonde honden hebben altijd iets bijzonders over zich, alsof ze zich bewust zijn van het verdriet en de zorgen waarmee ze ons opzadelen. (*Alsof ze zich willen verontschuldigen*, zei Troy toen hij me het verhaal vertelde.)

De teef herkende hem niet. Noch zijn geur noch zijn stem. Tien jaar is lang, zelfs voor een trouw dier.

\*

Troy droeg haar in zijn armen, ze stonk, ze zat onder het vuil en het ongedierte, maar dolgelukkig tilde hij de geredde hond hemelhoog, kuste haar op haar onwelriekende bek en zette haar toen voorzichtig, vanwege de noodspalk om haar poot, op het voeteneinde van mijn bed. 'Kijk eens wie daar is? Je vrouwtje,' zei hij zachtjes. 'Nu komt alles in orde, we beginnen gewoon opnieuw, let maar op.' Hijgend kroop Lady van het voeteneind naar mijn armen, waaraan al die slangen vastzaten.

*Liefde is belangrijk*, zei Caryl altijd.

*Echte liefde, dat is niet aan iedereen gegeven.*

\*

Hij is oud geworden, Troy, hij is nu tweeënveertig, mijn zoon zou dus veertig geweest zijn, en de laatste haren die hij nog over heeft zijn wit geworden, en hij heeft diepe rimpels rond zijn mondhoeken. Ik weet heel goed waar die rimpels vandaan komen, ik kan precies zeggen van wanneer ze dateren, ik kan het jaar noemen en de plaats waar ze ontstaan zijn.

Ik zei tegen Troy, en mijn stem sloeg zowat over: 'Maar ik kan haar niet bij me houden, dieren zijn hier verboden!'

Hij: 'Ik neem u mee, Zola, als u dat tenminste wilt. Mijn aanbod geldt nog steeds en het appartement aan de tuin wacht op u. Er is niets veranderd, alleen is de verf een beetje vergeeld en zijn de gordijnen verschoten.'

'Dat zal me een zorg zijn, ik heb toch een hekel aan gordijnen.' Ik stokte even, uit angst hem te kwetsen. 'Zijn er foto's van mijn zoon bij jou thuis? Want ik ben alles kwijtgeraakt. Het water heeft alles meegenomen.'

Troy lachte. Hij is leuk als hij lacht. Een klein rossig jongetje dat niet echt geluk uitstraalt maar toch voluit kan lachen, ondanks alle ellende.

'O ja, zeker zijn er foto's. Te veel zelfs, als ik anderen moet geloven.'

'Die anderen weten er niks van, die begrijpen niet dat er van Caryl nooit genoeg is. Hoe je hem kunt missen.'

'Jawel hoor, dat weten ze heel goed: zij waren ook vrienden van Caryl.'

'Zijn er daar bij jou mensen die over mijn zoon praten?'

'Nou en of, mevrouw Jackson.'

'En hielden ze van mijn zoon, die mensen?'

'Ze waren dol op hem.'

De tranen die ik had willen tegenhouden begonnen

te stromen, ik kon ze niet meer de baas en mijn stem be-
gaf het zowat.

'Nog één ding. Mag mijn hond bij jou in de tuin los
rondlopen?'

'Mevrouw Jackson! Zie ik eruit als iemand die honden vastbindt?'

'Alsof je dat aan de buitenkant kunt zien... En als ze
per ongeluk haar behoefte doet op het grasveld, wordt ze
dan gestraft?'

'Dan ruimt de tuinman het op.'

'O ja? En wat voor huidskleur heeft die tuinman dan
wel?'

'De tuinman, dat ben ik.'

Ik weet niet goed meer hoe ik terechtkwam in de armen van die jongen – man, ondertussen –, hoe het kon
gebeuren dat ik me, tegen zijn schouder leunend, liet
gaan.

'Je aanbod is absurd. Ik kan beter bij mijn nicht gaan
wonen. Daar is mijn plaats. Iedereen met enig verstand
zal zeggen dat dat meer in de lijn der dingen ligt.'

'Ja, dat snap ik, Zola, maar ik heb al veel moeite gedaan om Nina op te sporen, en niemand kan vertellen
waar ze is. Het is bekend dat ze geëvacueerd is naar de
luchthaven, en dat ze daar op een vlucht is gezet met onbekende bestemming. Kennelijk was ze alleen, zonder
haar verloofde.'

'Ach, nou ja. Die verloofdes van Nina...'

'Maar ze zal zich wel eenzaam voelen, waar ze ook is.'

'Weet je echt niet wat er met haar gebeurd is? Je houdt
toch niets voor me verborgen, hè?'

'Sommige groepen zijn naar Miami gestuurd, andere naar Atlanta en weer andere veel verder weg, naar Minnesota, of Wyoming, zelfs naar Alaska.'

'Nina? Naar Alaska? Maar ze heeft alleen maar minirokjes en korte truitjes.'

'Dat heeft vast niets uitgemaakt. Niemand had bagage. Helemaal niets hadden ze, de meesten ook geen geld, en sommigen geen papieren.'

'Bedoel je... dat ze rondzwerven?'

'Ja.'

'Als vluchtelingen? Als gedeporteerden?'

'Ja, ik denk dat dat het juiste woord is. Ik denk ook dat ze niet meer terugkomen.'

'Nina wel hoor, die komt vast en zeker terug.'

'Ja, waarschijnlijk wel.'

'En ze zou ook in Atlanta kunnen zijn, zeg je?'

'Dat kan, ja. Als u wilt laten we bij mij thuis een oproep uitgaan, het hele land door, naar alle hulporganisaties. We zullen bij alle opvangcentra navraag doen, in elke staat, we zullen overal berichten met mijn adres achterlaten. Zo zal Nina ons kunnen vinden.'

'Dat klinkt goed, wat je daar zegt. Dat klinkt redelijk, intelligent en goed.'

Troy installeerde Lady achter in de pick-up, op het smalle houten bankje, nadat hij haar eerst in diverse dekens had gewikkeld. Het oude, wrakkige vehikel had nog net genoeg vering om een hond met een gebroken poot te kunnen vervoeren.

De stank die onder de dekens vandaan kwam was verschrikkelijk. Zonder een woord te zeggen draaiden we allebei ons raam wagenwijd open en zo reden we naar Atlanta.

# INHOUD

Gilles Leroy bij Uitgeverij Cossee
*Alabama Song*
Vertaling Prescilla van Zoest
Roman, paperback, 226 blz.

Zelda en F. Scott Fitzgerald vormden het eerste echte glamourkoppel. *Alabama Song* vertelt het ongelooflijke verhaal van hun huwelijk dat aan elkaar hing van losbandige uitspattingen, haat, emotionele afhankelijkheid, concurrentiestrijd, literaire diefstal en drugsgebruik – het liefst allemaal voor het oog van de media.

Gilles Leroy brak internationaal door met deze roman, die inmiddels in vijfentwintig landen verschijnt. *Alabama Song* is onderscheiden met de Prix Goncourt, de hoogste literaire prijs in Frankrijk.

'Een geweldige roman waarin Zelda een overtuigende stem krijgt. En wat een krachtige stem! Ze vertelt haar leven met een vaart en met een vloed van woorden die de lezer meesleurt.' – *De Standaard* *****

Meer informatie over Gilles Leroy
en de boeken van Uitgeverij Cossee
vindt u op onze website www.cossee.com

Wilt u op de hoogte blijven van alle uitgaven
en activiteiten van Uitgeverij Cossee, meld u dan aan
voor de nieuwsbrief op www.cossee.com